広島の怖い話

寺井広樹・村神徳子

はじめに

幼少の頃から運が強かった。

小学2年生の時、友人数人で横断歩道を歩いていた時に右側からバイクが突っ込んできた。あっと言う間の出来事で、ふと気づくと右側にいた私は前にこけて膝をすりむいただけで済み、左側にいた友人にぶつかり全治3か月の重傷を負った。

バイクは右から来たのである。右側の私が瞬時にどうして避けられたのか未だに謎である。後ろに誰もいないのに、前に倒れるのも不思議だった。

そういった不思議な事は多々あった。

そして隣に住んでいた祖母はもっとカンの冴える女性であった。

祖母は小学校の初の女性教頭までやったので、たくさんの子供達を見て、その卒業後の暮らしまで見てきたからかもしれない。

人の顔色を見て瞬時に判断できるのもあるのだろう。

ある時、事故も含めて自分に起きる不思議な事を祖母に話した。

驚きもせずうなずき、

「徳子にはそういう力があるだろうね」

どうやら私には様々なご先祖やら強い守護霊が憑いているようで、それが方向指示器になっているというのだ。

私は幽霊は見えない。その理由は、私の抱える後ろの霊力が強くて、邪悪な霊や地縛霊がかき消えてしまうという。後ろの霊力とは時に「オーラ」とも呼ぶ。

そして私は原色絵具のようなピンクとオレンジのオーラを放っているそうだ。


時に邪悪な霊も寄ってくる。それは生身の人間が多い。

悪の誘いをしてくる者、勉強なんかやめて仲間に入らないかと誘う者。

祖母は私の学校の友人が遊びに来るたびに「友達分け」をした。彼女が嫌いな子といると、怒鳴りつけて帰らせたりした。

それは、祖母からはその子らに邪悪な霊が見えたからだ。

「下手に優しくするな、魂が持ってかれる」

が彼女の言い分だった。

つまり私が引き込まれないよう、彼女は悪霊退散をさせていたのだろう。祖母はもう亡くなったが、今も背中を押してくれているように思う。

そして大人になり社会で揉まれるうち、様々な人間に出会った。

私を好きで寄ってきてくれる人は不思議と運が良くなっていく。私といるとすごく元気が出るのだそうだ。

私を疎み避ける人間もいる。その人たちは不幸が起きたり病気をしたり離婚したりと、あまり良いことが起きていない。

また逆に私が最初から嫌気がさす人間もいる。その人たちはどんな美形であっても妖怪のような顔つきに見え、顔周りの空気がよどんで見える。

それは確実に当たり、心が病んでいたり悪事に絡んでいたりしている。

「悪霊とは深入りするな」

後ろからそう囁かれている気がする。そういう意味で私は霊界を信じてはいる。


もう一つ、私には特性がある。

小さいころから本を読むのが大好きで、歴史上の人物や実在の人物の伝記を読むと、最後にその人物がメッセージを私にくれるのだ。

謎とされる亡くなり方をした人の場合、特にそうだ。

「私の想いと志を世に伝えてくれ」

そんな声が聞こえてくる。それが脚本家になろうと思った理由の一つだ。

気になる人物を描くと、その人の霊が降りてきて筆が勝手に進んでいく。そんな感覚は常にある。

一度、卑弥呼の脚本を書いた時があったが、最も危険であった。

火の巫女だった少女を山の火口に投げ入れる儀式で、生贄の少女が「自分は神だ」と語り、生贄がカリスマに変わる瞬間を筆が進むまま描いた。

そして愛の儀式をライブ形式で兄と始め、国の子供を増やし、強大な権力者「ヒミコ」になる。山の国が山大国《やまたいこく》となると持論を作った。

その時は数日間、全身の毛が立つような妖気に襲われ、空気が冷え込み、気分だけが高揚するという不思議な体験をした。

しかし卑弥呼様は崇高な志とヒューマニズムを持ち合わせておられるので、私に害が及ぶことはなく、むしろ更なる強運を下さったように思う。

まさに全身全霊をかけて書いている。


そして広島。

私は九州の出身だが、広島には親戚も恩人も友人も多く、この地にはいつも感じるものがある。広島の文化は独特で、魅力にあふれている。

この街にふりそそぐ神のご加護を祈りつつ、そこはかとなくある霊界との入口のようなものを、様々な人の実体験を元に描いていく。

村神徳子

広島の怖い話　目次

一　死んだ将校との恋（広島市　平和公園）

大学時代の友人、光子は広島を旅行してから、妙に韓国に興味を持ち始めた。不思議だ。広島と韓国。関連した場所に行ったわけでもない。

「新大久保に連れて行ってくれない？」

東京の新大久保は日本のソウル。韓国街で人気の俳優や歌手の写真やグッズが溢れかえる活気に満ちた街だ。私は個人的な縁あってこの国が好きだ。

連れて行くと、光子は興奮してスターの写真だけを探し回る。

「今すごく好きな人がいるの」

「誰？　何かドラマに出てた俳優？」

「軍人の恰好してるドラマの。すごくイケメンで、それで……体もすごくいいの」

「まあ、骨格もだし兵役あるから鍛え方が違うよね」

光子は赤くなってうつむいた。

しかし彼女が探す俳優の写真はどこにもなく、韓国の本を扱う店にも光子が思い当たるイケメンはいなかった。

「あの人、俳優じゃないのかな」

「その人……どこで見たの？」

「広島の……ホテルで」

「広島？　何で？　ロケかなんかで会ったの？」

話を聞くとこうだった。

8月6日の広島原爆戦没者慰霊式を見たいと光子は思いつき、友人と休みを利用して広島市内のホテルの予約を取った。

だが友人は急きょ家族の不幸で行けなくなった。

キャンセルすると女性の一人は断られそうなので、二人部屋のままにしてもらい、川の近くの宿に一人で泊まることになった。

名物の生ガキを食べ過ぎたのがよくなかったか、夜中に腹痛を起こし、朝から記念公園の式典まで行くのは無理だと判断した。

仕方なく6日の朝は平和記念公園の横にある川の周りを散歩していた。

朝8時すぎ、原爆の落ちた時間に道で黙とうを捧げた。その時。

目を開けると光がばあっと目の前に広がり、立ちくらみをした。

一瞬目の前の景色が廃墟に見えた。


「大丈夫ですか？」

男性の声がした。

「だ、大丈夫です」

足だけ見えたが、革靴に軍服ズボンのような恰好だった。

ところが顔を上げるとそこには誰もいなかった。

その日の夜、ツインベッドの片方に寝ていた光子はドアがすっと開き、もう片方のベッドに誰かが寝るような感覚があった。

「ユリ、来れたの？」

来られなくなった友人が来たんだと思っていた。

「……」

人影は答えない。

眠気が吹っ飛び、光子は声を上げた。

当時光子は付き合っていた彼氏と別れ、少しゴタゴタしていた。彼が浮気して別れたものの、ストーカーされるような状態だった。

彼の名前は「豪《ごう》」。

「誰？　まさか豪？」

その時だった。光子の体の上に重くのしかかる体を感じた。

「豪？　何でここまで来るのよ！」

男の体が光子を覆った。

電気をつけようとするが、男の手が光子の腕を捕えて動けない。というより全身が完全に固まってしまって、自分の意志で動かせないのだ。

「やめて！」

「お前の所に行きたい」

「この声、豪じゃない……誰？」

「私は……」

そう言うと男は光子を抱きしめた。なぜか恐怖感はなかった。

そのまま光子はその男と官能的な夜を過ごしてしまった。ただとろけるような感覚が働き、全く抵抗する気も起きなかった。

次の朝目覚めると、ベッドにも部屋にも誰もいなかった。

隣のベッドを見ると、一度も触っていないシーツがめくれ、人が寝た跡があった。ふと我に返る光子。昨夜のあれはなんだったんだろう。

「これって不審者にレイプされたってこと？」

自分の腕を見ると、男に掴まれた跡が残っている。

フロントに連絡を取り、不審者が侵入したことを伝えた。しかし防犯カメラには誰も映っていなかった。

「おかしいですね。私達も入口からは誰も見てません」

「でも確かに、部屋の鍵を開けて入ってこられたんです」

不思議そうな顔のフロント。

「お部屋はオートロックですので外からは開けられませんよ」

その日の夜。急な眠気に襲われ光子は眠った。

目を覚ました時は、昨日の男が隣のベッドに座っていた。

光子をじっと見ている。

（きゃあ！）

声が出ない。

男は立派な軍服を着た体格の良い上級将校のようだった。顔は色白で眉が濃く目鼻立ちのしっかりした端正な顔立ち。いわゆるものすごいイケメン。

今度は何も言わずに、光子の上に乗り抱きしめられた。


（あなたは誰なの？）


将校は答えずに、光子は抵抗できずに脱がされていく。

不思議と将校は服を脱がなかった。

固い軍服の彼の胸に包まれ、また光子は官能的な夜を過ごしてしまう。


（このままずっと抱かれていたい）

朝日が昇る時間になり、将校は悲しい目で光子を見た。潤んだ美しい目をした彼は言った。

「一緒に行こう」

光子と将校はもういちど深いキスをする。夢でなく生身の人間同士にしかないやわらかい感触が光子の心に深く刻まれる。

そして眠りに落ち、目を覚ますと将校の姿はもう無かった。

翌日の朝は起きられないほど、光子の体は疲労していた。

光子が話し終わる。目がキラキラしていた。

「だから韓国の軍人役の……きっとテレビで見た誰かが夢になって出てきただけだと思う。でもリアルすぎて夢に思えないの。彼の事ばかり考えてる」

「どこで韓国人だって思うの？　日本の軍人さんの恰好なんでしょ？」

「わからない。ただ何となくそう思うの。日本人とは違うの」

驚いて聞き返す。

「でも夢なの？　幽霊なの？　お祓いに行った方がいいと思うよ」

「下手なことして離れることしたくない。彼となら死んでもいい」


光子の顔色が悪く、ひどく痩せているのが気になった。


家に帰り、光子の泊まったホテルの近くで起きた歴史を調べた。

すると一人の帝国陸軍の韓国人将校に行きついた。


それは李鍝（リ・グウ）公。

朝鮮王族の末裔で帝国陸軍中佐であり、広島の総司令部へ出勤途中に広島で原爆に遭った。次の日亡くなり、妻子のいる韓国へ遺体は送られた。

驚いたことがあった。

韓国人原爆慰霊碑はその亡くなった場所に作られたが、最近は移動をして平和公園の場所になった。この地域は爆心地に近く、壊滅的な打撃を受けた場所。まだ掘り返せば、身元不明のお骨が出るとも言われてきた。

慰霊碑の移動……享年32歳……光子も同じ年だ。直感で感じた。

「この人、光子を連れていくんじゃないか……」

亡くなった場所が市内の川の近く。

彼が亡くなった後、継ぐ者がいなくなり朝鮮王朝は途絶えたのだ。奇しくも韓国が日本統治から独立70年目の年……彼が生きていれば……。

胸騒ぎがして、すぐに光子に写真と共にメールで送った。

「この写真の人が、広島で会った彼じゃない?」

だがなぜか光子から返事はなかった。

しばらくすると携帯を変えたのか連絡が取れなくなった。

余計なお世話をしたせいか、私の前から完全に姿を消してしまった。

風の噂に聞いたが、光子はストーカーだった豪に刺されて入院したという。

光子と彼に何があってそんな事になったか、李氏への恋がそうさせたのか。

「彼となら死んでもいい」

光子の言葉だけが耳に残っている。

私には見える。将校と手を取り、自由な空を登っていく光子の姿が。

恋する光子の目は、何も怖いものがないように輝いて。

事実、彼の美しい目に魂を引き込まれた者は、少なくないだろう。

李鍝公

二　弥山の奇跡（宮島）

ライター仲間の緑は不妊治療に疲れていた。体調も崩し、仕事も休みがちになっていた。夫がこの頃どうもおかしいのだ。以前は子供を欲しがり協力的だったのにこの頃は帰りも遅い。

一度、机にあった夫のスマホに入ってきたラインが表示された。男の名前なのに強烈なハートのスタンプと「また会いたい」のコメント。

浮気でもしてるんじゃないだろうか。

その夜、一人ベッドで寝ている時、部屋に鹿が現れた。

夫を呼ぼうとするが、声が出ない。ぐるぐる回ってピョンピョンと箪笥の上や鏡台の上を跳ねまわる。８畳の寝室に大きな鹿は不向きだった、というより何で鹿？

何となく眠りについた夢の中で、海を見渡せる大きな岩の突き刺さったような山を鹿と一緒に登る。その景色は爽快で、久しぶりにすっきりした気持ちで朝を迎えた。

「ああいい気分。あの景色どこだったんだろう」

緑はインターネットで景色を探す。広島出身の江田さんに聞いて、それが宮島の山、弥《み》山《せん》だとわかった。

すぐに行こうとした緑さんに江田さんが注意する。

「ここは女の神様がいるから、男女で行ったらダメよ。女がやきもちやかれて別れる羽目になるの。しかも女に降りかかるから」

「えっでも一人で行くのは寂しいし……」

ふと思いついて緑は家に帰って夫に弥山の話をする。

「この山を登るとカップルは円満に過ごせるんだって」

「へえ……」

「行ってみない？」

「いやあ、今はいいよ。そのうちな」

「そう……」

「あ、来週京都出張だから3日くらい家空けるんでよろしくな」

いそいそと出ていく夫。

「やっぱり私とは円満になりたくないのね……」

京都出張に行った日、緑は広島に出かけた。せっかくなので宮島のホテルに泊まることにした。

厳島神社を拝み、ゆったりと島を渡る。

肩を叩く人がいた。フリーカメラマンをしている友人の卓也だった。

「卓也？　何でここに？」

「俺は写真撮りに来てんだ。緑こそ何で宮島に来てんだ？」

「私は観光に……そうだ弥山ってここにある？」

「あの山だよ。神社の真逆にあるだろ。山自体が神なんだ」

弥山の頂上（緑さん撮影）

「明日登るつもりなの」
「一人で行ったほうがいいよな」
「やっぱりそうなの？」
「男女で登るなって話聞いたからさ。下で待ってるから行って来いよ」

卓也と話が弾み、ホテルで一緒に夕食をとることにした。

翌朝、弥山を登る。岩がにょきにょきあるような不思議な山で、岩肌を登るのにそれなりの体力がいる、治療をやめて薬を止めたせいか、登っていく鹿のようにぐいぐい上がっていく。鹿が頂上まで登る山なのだ。

「うわあ綺麗！」

瀬戸内海や厳島神社が見渡せる壮大な景色。岩はビルのように大きい。
快晴の空と澄んだ空気に、体が軽くすっきりした。

「来てよかったな」

どこかで聞いた声がした。夫の声だった。驚いて岩陰に隠れる。やはり夫だった。夫の隣に若い女がいる。
しっかりと腕を組んでいる姿から、すべての想像がついた。
岩山を滑るように降りる緑。涙が後から後から流れる。

降りきると卓也が待っていた。

「待ってたよ。どうだった？　良かっただろ？　眺め」
「うん……でも最悪だった」
「何で？」

卓也の胸に抱き付き泣いてしまう緑。

「どうした？」

「もう、別れてしまった方がいいってわかった」

卓也が驚いて、でも優しく緑の頭を撫でる。山の風が強く吹き下ろす。


その日の夜、深夜過ぎに緑のスマホに連絡が入った。


「広島県警ですが、××さんの奥様ですか？」

「はい……そうですが……」

「ご主人が交通事故に遭われまして、集中治療室に入っておられます」

「えっ！　ど、どこの病院なんですか？」

「広島市中区の○○病院です。すぐ来れますか？」

「今、宮島にいるんです。船がもう終わっててとても行けないです」

「そうですよね……今は少し安定してるので、朝一番の船で来てください」

「わかりました」

次の朝、○○病院に到着し、集中治療室の病室に駆け込む。全身に包帯を巻いた夫がベッドに横たわっている。

警察官が頭を深々と下げる。

「どんな事故だったんですか?」

「ご主人が乗られていたタクシーにバイクが突っ込んで、ガソリンが漏れたようで炎上したんですよ。火傷がひどくてまだ安心はできません……」

「あの……変な事聞きますが、夫に連れはいませんでした?」

「いましたよ。女性でしたかね。もう亡くなられました」

緑は声が出せないくらい驚いた。

心肺停止のブザーが鳴る。

「あなた!」

夫は緑の前で息絶えた。

厳島とも言われる宮島は「厳しい神」のご霊山がある。女性の神と言われた弥山も男性

瀬戸内海の眺め（緑さん撮影）

でも女の敵には制裁をするとも言われる。
そして今の緑さんは、卓也さんと再婚し、子供を授かり幸せに暮らしている。
ただ、ご主人と愛人を死に追いやったバイクの男は未だに捕まっていない。
霊山の威力があるものか、人の力か、わからない場合もある。

三　悪霊払いの男（広島市）

従弟の信行は福岡生まれ。弱ったり困った人に助けを求められることが多い。生まれつき霊感がある信行は、私にも余計な事を言う。

「徳子ちゃん、後ろにまた強い霊がついとる」

「危ないやつ？」

「いや、ご先祖様の誰かか、有名な強い人。開運してくれる」

「そんなら良かった」

「でもこの家は変なのが憑りついとるっちゃ。出た方がよかよ」

「ちょうど河川工事で解体するとこやったわ」

「なら丁度よか。一緒にお祓いもしなっせ」

これが彼との普通の会話である。

ここ数年、信行は建築の仕事の関係で広島市に住んでいる。

建築関係者はこぞって「お祓い」を重要視する。それは地に対する霊というものが当たり前にいるものだという観念にある。

特に広島はその信仰が強いと思われる。

信行も同じくお祓いが好きだった。

場所は特定して言えないが、広島市の某所にてひそやかにお祓いの儀式は執り行われている。

今日も飲み友達の石原に頼まれて、美紀という20代の女性をお祓いに連れて行くことになった。

美紀は地味だが目鼻立ちが綺麗な子。しかし信行は見たとたん身の毛がよだった。

（こいつ、なんか動物霊か低俗霊がいっぱいついとる……）

聞くと、子供の頃見てはいけないものを見て以来、霊に憑りつかれやすく、家を出ることもできないため、学校にも行けず引きこもり生活をしているという。

「外には出れんのか？」

「出たら、違う霊に憑りつかれるから」

「どんな霊が憑りつくんや」

「多分、そのあたりに倒れてたり、首くくったりしてる人の」

幾分ぞっとしながら、信行は運転を続ける。

「今日のお祓い行けば、しばらくは大丈夫だけん」

美紀は黙って座っている。

普通にかわいい子だけどな……と信行はちらりと見て運転を続ける。

お祓いの場所へたどり着いた。

バックして駐車し、隣を見ると美紀の顔がこっちを向いて目を見開き、ニカっと歯をむき出しにして笑う。

全く別人の顔つきになっている。信行はぎょっとする。

「ケケよくもこんなとこに連れてきたな」

「う、うわー!」

美紀が口を開け、大蛇のように信行の肩にかみつく。

「ギャー!」

「お前は邪魔だ、殺す!」

女とは思えない力で、信行の首をぐいぐい絞め始めた。

「や、やめろ……」

お祓いの先生が走って出てきた。手に榊を持って酒瓶を持っている。

車のドアを開け、美紀に酒を振りかける。

「うぎゃあああ」

「××退散、××退散!」

榊を美紀に叩きつけ、背中を叩く。

美紀が全身の力を抜き、へなへなと倒れる。

「これで少しは大丈夫。ささ、中へ連れて行きましょう」

「は、はあ」

今まで見たこともないようなハードな霊に少し信行は困惑した。

お祓いが終わり、美紀はぐったりとして寝ている。お祓いの先生、N氏が信行の肩に榊を載せる。

「これは何をしてるんですか?」

「君も肩に色々乗せてるからね。ここで浄化しておく」

「僕にも何か憑いてるんですか?」

「うん、まあね。この頃頼まれごと多くない?」

「まあ仕事柄……お祓いも2、3件頼まれてるから連れてきます」

「今日の子の友達じゃない？」

「あ、そうなんです。紹介者が同じ仲間でして」

「彼女が多分相当重いの持ってて、友達に分散されてるからね」

「分散って、知り合いになるのもまずいんですか？」

「君は強い霊魂が背中にあるけどね、低俗霊はそれでも足を引っ張るから」

「先生、僕はどうしたらいいですか？」

「まずこの子とは縁を今日限り切りなさい。その友達もだ。乗せてきた車には塩をまいて、家に帰ったら塩を入れたお風呂に浸かりなさい」

「わかりました。この子は僕も今日が初めてなんで、縁なんてないです」

「でもきっと君はこの子に関連した子をまたここに連れてくるよ」

「いや、もう絶対関わらないです。頼まれてたけどやめます」

「もし連れてくる時は、もう一人男性を乗せてくること。そうしないと君まで憑りつかれる可能性あるからね」

「わかりました」

信行は美紀をタクシーで帰し、N氏にお祓いしてもらった車に塩をまき帰った。

数日後、信行にお祓いを頼んできた石原がまた連絡をしてきた。

「いやあ、この前かなりヤバかったし、もう来るなってNさんからも言われちょるんで」

「そう言わんと頼むわ」

「あの美紀ってのがひどい悪霊憑いてて、あの子の友達は絶対嫌です」

「じゃあ、場所教えてよ、俺が連れて行けばいいんだろ」

「うーん。でも一見さんはダメだしな。じゃあ石原さんが一緒ならいいですよ」

「わかった。明日一緒に会社連れてくし、よろしゅう頼んます」


電話を切った後、会社の電話が鳴り信行は考える余裕がなかった。

次の日、加奈子という小柄な女性と石原がやってきた。


「よろしくお願いします」

「ああ、この前の美紀さんの友達？」

「はい……」


石原が妙に汗をかいている。

「今日はえらい暑いな。春先なのに夏みたいや」

「石原さん太り過ぎなんですよ」

「信行君、言うねえ」

笑って信行の車に乗り込む3人。車の中で石原が話す。

「この子はね、美紀さんからいつもお祓いに行くの邪魔されるんだそうで、今日は誰にも内緒で出てきてな」

「何で邪魔されるんすか」

「多分、不良仲間と悪霊仲間ってのは同じようなもんで、足抜けされると困るんだろ。お祓いは悪霊の天敵だからな」

石原さんの携帯が鳴る。

「もしもし、石原です」

驚いた表情の石原。電話の声をみんなに聞こえるようハンズフリーにする。

「加奈子連れていっとるんでしょ。私は全部わかっとうよ」

重く暗い地底から響くような美紀の声に、３人がぞっとした。すぐ電話を切る石原。

「こいつ、やっぱり邪魔しにきた……うっ」

石原が左胸を苦しそうに押さえる。

「どうしました石原さん！」

「胸が……苦しい……」

石原の口から泡が出て白目を剥く。

結局お祓いまでは行けず、救急病院に車を走らせた信行。

石原は心臓発作で２日後に亡くなった。

加奈子は病院からタクシーで帰ってもらった。

その日以来首の調子が悪い信行は、車のお祓いもかねてN氏の元を訪れた。N氏は信行の顔を見るなり、榊で肩を叩き塩をかけた。

「色々しょってきたみたいやのう。おっさんが肩に乗っとった」

「ええっ。この前言われた通り、あの子の友達連れてくなら男性をと言うんで石原さんって人乗せたら、車の中で心臓発作になったんで来れなかったんです」

「その人、亡くなったでしょ」

「はい。2日後に……」

「君の身代わりを作っておいて良かったのう。じゃがまだ肩に手があるわ」

N氏はそう言って信行に呪文のようなものを唱え、背中を叩いた。

信行はそれ以降、美紀にも加奈子にも連絡することはなかった。

思えば、石原のような仲介者さえいなければ出会うはずのない悪霊達であった。

四　高暮ダムの朝鮮人亡霊（広島県庄原市高野町）

信行の友人に康樹君という、若いころは暴走族にいましたというのが自慢のやんちゃな人がいた。仕事は塗装工だった。

信行も地元の福岡では知られたヤンキーだったので意気投合して話していた。

康樹君は信行とは違いまったく霊感がない。そのためか、怖いスポットに行って肝試しするのが趣味だった。

怖がる女子を連れて行き、自分のすごさを見せるチャンスでもあった。


今から15年以上前の話だ。

夏の夜、女性2人と康樹君とA君でミステリースポット巡りをすることにした。

まずは大本命、高野町の高暮ダム。ほぼ県境にある山の中だ。

ここは1940年に山あいに作られたダムで、8年かかって完成された、現在は中国電力のダムである。

ただ地元では有名な噂がある。

戦中強制労働者として朝鮮から連れてこられた何千という人々がこのダムを作り、あまりの過酷労働に自殺者や過酷な生活で人の死が多かったという。

亡くなった後も骨が朝鮮に戻されることなく、無縁仏がほとんどだったとか。

ここを語るのは戦後もタブーとされていた。

「けど、ここに行った奴はみんな口揃えてヤバかったって言うなあ」

「だから行くんじゃゃ」

山を登る間も木々はのしかかるように前を閉じていくよう。バサリと枝が折れてボンネットに落ちた。

「ひえええ」

「枝が落ちただけじゃゃ。気にすんな」

女性二人は少し怖がり始めた。

「ここ、白骨ダムって言われてるらしいよ」

「結構死んだのか」

「このダムの下に埋められてるって話だって」

「じゃあ幽霊たくさん見えんな」

「湖も変な名前だもんね、いかにも鎮魂してますって感じ」

「考えすぎだろ～」


康樹君は笑いながら運転する。

ダムの見えるところまでいくと、暗く静かに広がる湖が見える。

しかし暗すぎてよくわからない。懐中電灯をつけて、山とダムを照らす。


「何があるかもわかんねえな」

「もう行こうや。山だからか冷えるのう」

30度くらいはあったはずなのに、半袖では寒い。

水が近いせいか、山あいだからかとも思うがさっきまで感じていた体感温度とはまるで違う。

「待てよ、ここから先道あるやん」

A君は面倒な顔をして

「もうやめようや。見たからこれで帰ろう。遅くなる」

「今夜は女の子も一緒に、もっと違う探検するって言ってたやろ」

車をもっと細い山道に戻し、進ませる康樹君。

しばらくするとダムの上まで近づけた。

当時は街灯もなく、車のライトをハイライトにしてやっとたどり着いた。その間、後ろの女性たちはずっと話をしていた。それがだんだんヒソヒソとした話し声に変わっていった。

康樹君とA君はだんだん寒気が増してきた。このままだと風邪を引きそうだ。

「これ以上行っても、ようわからんな」

「もう戻ろうや」

一番上の広い道路でUターンをする。

「俺、せっかく来たし、上からダム見てくるわ」

「やめや、もう帰ろうや」

「ビビんな。なあみんなどうする？　見に行くか？」

A君が随分怖がるので、ずっと話をしている女性の方へ振り向いた。

A君も一緒に振り向いた。女性二人は完全に寝ていた。

「あれ、今までずっと話してなかったか？」

「確かに、俺も声聞こえてた」

そして二人共前に向き直ると、フロントガラスから何人もの顔が車を覗いていた。顔に手ぬぐいを巻いた、昔の土木作業員のような人たちだった。

高暮ダム

「うわあああ」

「ぎゃあああ」


そこからどうやってUターンさせて戻ったか康樹君は覚えていない。

A君はほとんど気を失っていた。また後ろの女性達も寝ていたのではなく、気を失っていたようだ。

フロントガラスにはしっかりと何個も手の跡がついていた……。

あのヒソヒソ声は女性たちの声ではなかった。今思うと日本語だったかもわからないと康樹君は言う。

ひょっとすると、あの朝鮮労働者の霊が……。この話はしばらく4人共話すことができなかった。話して振り返ると彼らがいるように思うから。

ここでは、未だに骨が掘り起こされるなど、死者を多数出した工事現場としても知られる。ダムを作るのにそんなに人が死ぬのか？　と疑問に思うが、誰がどう死んだかなど、この地では戦時中に何が起きたか、話したがる人などいない。

五

外国人捕虜の行方（福山市）

戦時中、広島に外国人捕虜収容所があったのをご存知だろうか。

全国各地にあり、広島は現在の福山市にあったのだ。

ところが原爆で被災した捕虜の名前が上がる。福山市では爆心地から離れており、すぐに死にいたるような場所ではない。

実際、アメリカ軍が広島に原爆を落とすと決めたのも、捕虜収容所が広島市の爆心地近くにないからというのが、理由でもあった。

ところが被爆死とされている兵が数名いるのだ。

戦後、収容所の所長は戦犯として処刑されている。何があったのだろうか。

エリス・カーチス（仮名）はアメリカのミネソタ州に住み、軍人である父の帰りを待っていた。

1945年の8月に日本で捕虜になったという知らせを受け、何もそれからの進展がなかった。

戦死の知らせが届いたのはずいぶん経ってから。兵の家族にはしばらく伏せられていたのだった。広島の捕虜収容所で原爆によって被爆死したという報告だけだった。

その日からエリスは奇妙な夢を見た。

肉の塊のように動かない兵隊。繋がれて、人々に棒で叩かれている。

生きてるか死んでるかもわからない顔は父にも似ていた。


「やめてえ！　これ以上叩かないで！」


エリスは夢の中で叫んだ。

人々はこっちに向かって訳の分からない言葉でまくしたてる。英語でも中国語でもなかった。もしかしたらこれが日本語……？

追いかけてくるボロボロの服に包帯ややけどのある人、目は血走っていて「アメリカ！」と叫んでいるのだけわかる。周りは焼野原。

そうして逃げるエリスを誰かが捕まえ、沈んで行く夢。

「ごめんなさい！　ごめんなさい！」

夢の中ではいつも謝っていた。

エリスはこの話を軍の関係者にした。それから、父の隊にいた隊長が生存しており、話を聞くことができた。

彼は隊長ゆえに東京に輸送されており、8月6日は広島におらず難を逃れていた。日本にも行くので、どこでどう亡くなったか話を聞いてくると言った。

次の日の夜も同じ夢を見た。

今度は収容所のような広い施設から、やせたアメリカ人達が見守っている。そこで日本の兵隊らしき人々に連れ出されていくアメリカ捕虜兵。父であった。

何が起こるのか恐ろしくて目を開けた。

「やっぱり自分から聞いてみようかしら」

突然電話が鳴り、出ると隊長だった。

「エリス、日本で話を聞いてみたんだが……」

「何かわかりましたか？」

「いや、資料には広島市で被爆死しかないんだ」

「でも収容所は爆心地から遠いと聞きました」

「ああでも……爆心地の方に輸送されていた途中かもしれないんだ」

「それなら捕虜はみんな死んでなきゃおかしいでしょ？」

「……そうだね。でもこれ以上は古い話だし、関係者は処罰や処刑されて収容所のことがわかる人が全くいないんだ」

「どうして？　大事な事なのに。もっと調べて下さい」

「申し訳ない。この広島にいるだけでもういたたまれないんだ。お父さんたちの亡くなるまでの状況を調べたって生き返りはしない」

「……うちも被爆者の家族なんですよ」

「わかってる」


エリスはがっかりして電話を切った。

エリスは年を取り、孫がＰＣでインターネットをするようになった。

孫のジャスティンは高校生で、日本語も勉強している。

「おばあちゃん、今度留学で日本に行くよ」

「まあそうかい。じゃあ広島に寄ってくれない？」

「広島？　何で？」

「ジャスティンのひいおじいちゃんがね、亡くなった場所なのよ」

「日本で亡くなったの？　どうして？」

「それは……捕虜で広島に居た時に原爆で……」

ジャスティンは日本語で「原爆　外国人捕虜」で検索をする。

すると一つの画像が現れた。それはアメリカ兵がくくられて、日本人に棒で殴られている絵だった。

「おお神様！　なんてこと……」

エリスはその場に倒れた。

「おばあちゃん！　おばあちゃん！　大丈夫？」

原爆後、広島市の数々のご遺体はこの似島で火葬された

意識がもうろうとする中、エリスは父が頭を撫でているのを見た。

その時、父の後ろに海や島が見えた。手を振り、うなずきながら父は去って行った。エリスはジャスティンと一緒に広島へ慰霊の旅に行くことを決めた。


エリスの父は多分、爆心地近くの広島城のそばに別の収容所があり、そこにいたと思われる。その話は公にはなっていないが、現在拘置所があるあたりではないかと思われる。

広島城の辺りは爆心地だったので爆風で破壊された収容所を当然逃げ出し、混乱した状況の中でどこへ向かったか、ケガや火傷で倒れてしまったのか、彼らの足取りはわからないままである。

海で渡った似島に、ご遺体などは運ばれ、火葬施設で荼毘に服された。
エリスは平和公園と、似島の慰霊碑に手を合わせた。
父の悲しい夢はそれから二度と見なかった。
笑顔で家を出ていった、あの面影だけは、時折目の裏に浮かぶが。

六

少女苑のジャージの女の子
(広島市佐伯区)

高校生だった安田君は、やんちゃな先輩たちと4人で広島市貴船原にあった「少女苑」に車ででかけた。ここは県下でも有数の心霊スポット。

安田君は今は女性として生きている。後天性の性同一障害だという。

当時は門や建物があり不気味な様相もさながら、そこまでに行く道が細く、森の中を走らねばならない。ため池もありいかにも逃げようがない場所。

「ここで何人か逃げて飛び込んだらしい」

「逃げきれんじゃろ、こんな山奥で」

「それで行方不明も多かったらしいわ」

門の中に車を停めると、他のマニアも来ていたようで2、3台のヤンキー車があった。

むしろそういう連中と下手にかちあわせたくないなと思っていた。

「入ろう」

懐中電灯片手に窓から入る。

すでに誰かが入ったようで、声やちょっとした悲鳴も聞こえる。

「これ実は全部幽霊なら怖いよな」

「そりゃないだろ、男の声しか聞こえんわ」

「でも女も悲鳴もあるよな」

「俺らも女連れてくりゃよかったな」

「俺……ちょっと気分悪いわ。車戻っててていいか」

運転手の先輩が気分悪そうに車のキーをちらつかせて駐車場に戻って行った。

「ビビりじゃね？」

「昨日飲み過ぎただけじゃ。寝てるわ」

先輩はそう言うと暗闇に消えていった。


「だらしねえな」

安田君は二人の先輩についていった。

独房のある真っ暗な渡り廊下まできた時だった。

ジャージを着た女が一人戸口に立ってるのが見えた。


「う、うわ!」


安田君は声を上げたが、先輩2人も声を上げたので、

「見ました? 今の女……」

「いたな。でも足あったし見物客じゃねえ?」

ジャージの女はそのまま渡り廊下ですれ違い、外へ出て行った。おかっぱ頭の地味そうな女だったのは覚えている。

でも何というか、存在感がない人間だった。

教室のようなところ、数人が寝ていたというところ、木造校舎のきしむ音が響き、だんだん安田君はなぜか眠くなってきていた。

「先輩、眠いっす」

「寝るな。でももうこの辺でいいか」

「俺、この先行ってくるよ。仲間に自慢すっから」

強気の先輩が奥の扉を開きにいった。

扉を開けたとたん、

「ギャー！」

女の金切り声が響いた。

開けられたドアの中では男数人が立ち、女が座らされている。男の手に竹刀のようなものが見えた。こっちを振り向く男達。安田君は腰を抜かしそうになった。

「逃げろ！」

先輩が真っ青な顔でこっちへ向かって走ってくる。その先輩の後ろに捕まえようとする様な両手が見えた。

「ヤバい、逃げろ！」

安田君と先輩二人はとにかく走って外に出た。車、車と探し回り、乗ってきた車を見つけた。

「開けろ！　開けろ！」

ドアをドンドン叩くが、中で寝ている先輩が起きない。

隣のヤンキー車にも人が戻ってきていた。

「やべえな、変なの見たよな」

安田君は恐る恐る聞いてみた。

「あの、女の人は連れてないんですか？」

見た目怖そうなお兄さんたちもビビッていて、素直に答えてくれた。


「は？　いねえよ。俺ら野郎だけしか」

「女性の声聞こえたんで」

「俺らも聞いたな。ここのもう1台は別の連れみたいだし、そいつらじゃね？」

「けど、ずっと置いてるわりにすれ違わねえよな」

ヤンキー達の4人以外は確かにすれ違わなかった。あ、安田君は思いつく。

「さっきジャージの女の人が……すれ違いましたよ」

「何？　お前も見たの？　それ見たらヤバいらしいぜ」

「どうなるんですか？」

「とにかく……祟られるっていうぜ」

「奥の部屋で男と女がいましたよ。竹刀持ってて」

「何だそれ……あの奥に部屋なんかあったか？」

「僕ら3人共見て逃げてきました」

「俺ら見てないな。この車の奴ら、エッチな事でもやってんのかもな」

「いやあ、そんな雰囲気じゃなかったっす。叱られてるみたいな感じで」

「悲鳴も聞こえたよな」

「じゃ、やっぱ見たんじゃね？　幽霊」

自分たちの車のドアが開くまで安田君はそのヤンキーたちと話をした。

あのおかっぱの女は女囚の集団部屋でいじめられており、ついにそれを看守に話したことで集団リンチに遭い、そのまま自殺したとも、池に飛び込んだとも言われるとのことだった。

あの竹刀の男は先生で、座らされていたのがいじめた女囚人だとしたら……。

安田君と先輩二人はぞっとしながら、やっと開いた車に乗り込んだ。

「遅えよ。××君が開けないなら隣のヤンキーの車に乗せてもらうとこだった」

「悪い。ちょっとな……」

運転手の先輩が黙ってUターンして出ていく。

皆静かに座っていたら、ため池の辺りで、エンジンがストップした。

「おい、こんなとこで止まるなよ」

後ろからもう一台の白い車が静かについてきた。

「さっきのヤンキーか?」

「いや、奴らは赤だったし違う方の車だろ」

運転手が慌てて真っ青な顔でエンジンをかける。

「かかれ! かかれ!」

エンジンがプスプス言ってなかなかかからない。助手席の先輩がキーを回してやっとエンジンがかかる。

「はあ、やばかった」

何となく後ろの車を見ると、人影が6人。セダンの車に随分人が乗ってるもんだなと思って前を向き、そのまま安田君は寝てしまった。

しばらく一本道が続き、目を覚ますと後ろの車はいなかったという。

「あれ、先輩、後ろの車いなくなりましたね」

「やっと逃げられたか」

運転手の先輩はそう言うと、頬から汗がしたたり落ちた。

「俺、車の中で待ってたら、何人も車覗きに来たからよ。鍵閉めて横になってたら、何度もコンコン叩かれて……もうここには絶対来ねえぞ」

「だからすぐ開けなかったのか?」

「そうだ。お前らって最初わかんなかった。人数10人くらいで叩いたろ?」

「いや俺ら3人だけだぞ」

「……そうか。やっぱついてきたんだな。あいつら」

「あいつらって誰だ」

数日後、その運転手の先輩は山奥で事故死した。

安田君は怖くなって、お葬式には行かなかった。二人の先輩は行ったが、その後高い熱を出したりとろくなことがなかったと言っていた。

先輩達とはそれからぷっつりと連絡が途絶え、今はどうしてるかわからないという。心霊スポットは他にも行ったが、そこで感じたほどの恐怖はなかった。

話し終えると安田君は化粧した顔を私に見せた。

「僕はそれ以来、妙に化粧がしたくなって女の恰好するようになったんです」

「それは単に女装趣味じゃなくて?」

「いえ、こうしないと許してもらえないような感覚が常にあるんです」

安田君はおかっぱのかつらの髪をなびかせて笑った。

少女苑の跡地の山

少女苑。広島市佐伯区にあった未成年の女子受刑者の刑務所。

戦後作られたが、東広島市に移転し、その廃屋だけが日の当たらない奥地に佇む。平成12年に取り壊しとなり、今は門だけ残るただの林の中の空間。

一説によると、集団生活の中でひどいいじめを受けてきた女子受刑者が、飛び降り自殺を図り、いじめた受刑者達に刑務官が制裁を加えたはずみで彼女らも亡くなったとも。この施設で死者はいないが逃亡行方不明者はいる。

そこには開かずの部屋があったとも言われ、何が行われていたか不明。しかしそこを開けた者は、狂うか死ぬかという噂もあったという。

すれ違ったおかっぱのジャージ少女が、安田君に憑いているのだけは感じたが。

七

海軍兵の英霊の神社（江田島）

少し昔の話になるが、山田さんという自衛官がいた。

彼が海上自衛隊の幹部候補生として、江田島にある第一術科学校にいた時のことだ。

戦前と変わらず海軍兵学校のレンガの建物、白亜の講堂と、まるでひと昔前の海軍兵達が歩いているかのような世界に、元々軍隊ファンの山田さんは喜んでいた。

戦艦陸奥の砲塔、東郷平八郎、山本五十六の遺髪などの展示もあり、ややぞくっとする気配も感じていた。いい緊張感をもたせるといえばそうだが。

敷地内に「八方園神社」がある。

教官の説明によると、そこには石碑と東西南北を示す円盤があり、特に社や神社にありがちな鳥居などもない。

ここの祭り神は「天照大神」とは言われるが、どうも一般的な神社の雰囲気ではないのだ。

立ち入ろうとした時、自分に何か圧がかかったのを感じた。

前に進もうとするが進めない壁のようなものがあるのだ。

「お前たちは誰だ。簡単に入るな」

そんな声が頭の中に響いた。

円盤は故郷を遠くに思った海軍兵達が、日本の中央に位置する江田島において、どっちの方向にわが家はあるかを感じ、望郷の思いを馳せていた場所なんだという。英霊たちの想いがそこにはあるのだという。

旧海軍といえば、特攻隊は海軍所属になる。その連中がB29のプロペラの前で酒盛りをしていたとか、不気味な話は絶えない。

山田さんは一度だけ旧軍人らしき人を見た。

キャンパス内にある駆逐艦「梨」の魚雷発射管の前を通りかかった時、何だか寒気がした。人間魚雷ではないが、人が一人二人入れそうな大きさ。

「梨」は戦争末期にアメリカに撃墜され、引き揚げられ「わかば」として海自でも再利用した船。

その時の死者は38名、不明者12名と聞いたが、彼らはどうしたのだろうとふとその魚雷発射管の前で思った時だった。何となく手を合わせてしまった。

その晩は悪寒に襲われめまいがした。部屋で休むと伝えると、ベッドに倒れるように眠る。

気が付くと、ひどく揺り起こす人がいる。

「おい、何をしている！」

目を覚ますと、白い詰襟の制服を着た男が立っている。

「はっ！　すみません！」

起き抜けに敬礼しながら身支度しようとすると、男は笑いながら

「今の日本は平和か？」

と聞かれた。とっさに
「はい、平和です」

男は少し安心した顔で、山田さんの肩を叩き、

「俺達の意味があったな」

そうしてドアを開けて暗闇に姿を消すように去って行った。

猛烈な睡魔に襲われた山田さんはそのまま深い眠りについた。

翌日この話をすると、誰も山田さんの部屋には入らなかったという。白い詰襟の服も現在の海自幹部生では同じ白詰襟ではあるが、夏服の時期ではなく、紺のダブルジャケットのはずだが……。

あの白詰襟の士官風の男は誰だったのか……。

山田さんは急ぎ、八方園神社に上がり海に向かって黙祷した。

旧海軍兵学校と魚雷発射管。手前の白い建物は教育参考館

今度は手を合わせず、深く礼をした。

「よし。国を守ってくれ」

そんな声が背後からしたという。むろん、振り向いても誰もいなかったが。

のちに山田さんは大出世していくが、国防は常に死と隣り合わせだという思いでおり、かといって強烈なナショナリズムは持たないよう努めていた。

一般に、霊に対し同情的な思いを持つと寄ってこられるという。

あの時、手を合わせたことから英霊が立ち寄ったのかもしれない。

八方園神社は旧士官学校時代の海軍

エリートたちが、故郷を想いながらも、ここが自分たちの死に場所だと心に決めた念の強い場所。

亡くなってもなお、国を心配し、ここが故郷だと思う霊が集まるのだろう。

八　硫黄島からの死のみやげ（江田島）

山田さんの海上自衛隊の先輩に三木さんという人がいた。

広島の江田島に勤務する前に、硫黄島での合宿があった。海自はここに時折見張りや軍事演習等の目的で上陸している。

珍しく希望地として硫黄島を挙げたほど、三木さんは旧軍隊に心酔しているところがあった。

少し広島から話が飛ぶ。

硫黄島では太平洋戦争末期にアメリカ軍と日本軍との戦いがあり、日本軍2万5000くらいの兵と11万のアメリカ兵が戦った場所だ。

本土への空襲をするB29を打ち落とすためには、日本軍はこの硫黄島を死守せねばならなかった。帝国海軍、陸軍の決死の島で有名である。

ここを守れなければ、本土への空襲はまぬがれないとわかっていたからだ。死闘の中、日本兵2万人が戦死。しかしアメリカ軍はそれを上回る2万8000の戦死者を出した。それでもアメリカ軍が占拠し勝利した。

その後の本土空襲、原爆投下、B29が猛威を振るった事は歴史が物語っている。戦死した日本兵はどれだけ無念であったろうか。

小さな火山島で4万8000人の魂がこの島で散ったのだ。日本兵のうち1万人以上の骨がまだ故郷に戻れず、この地に眠っていると言われる。

三木さんはその事をよく知っており、ここで色んな霊に遭遇する仲間の話も興味を持って聞いていた。

「英霊がきたら酒盛りしてやるんだ。早く会いたいくらいだよ」

またここの砂は日本兵達の血が混じっているとも言われ、持ち帰ると体調を崩したり、祟りがあったりと、不気味な噂もあった。

三木さんは夕食後腹痛を訴え、そのまま宿舎で寝ていた。

夜中寝ていると、ザッザッと軍靴の音がした。それは複数の音で、小隊（30～40人）くらいの人数だった。

「しまった寝坊した！」

三木さんは真面目で、夜中に演習などがあったのかもしれないと、慌ててリュックから訓練に関する用紙を出そうと起きた。

しかし慌てていてなかなか探せない。まわりを見回すと誰もいない。完全に置いていかれた！　と思い、服を着替える。

軍靴の響きは近づく。音の近さから窓を横切る小隊が見えるはずだった。

音が止まった。

「すいません！　遅れました！」

声を出そうとするがなぜか出せない。体も向かおうとする方に進めない。

恐る恐る窓に近付き見る。

ヘルメットを被った数人の兵士が銃剣のようなものを下げ、中を覗き込んでいた。目は血眼になっており、顔は泥で真っ黒。

「うわああ」

三木さんは後ろに尻もちをついて倒れた。

靴音が再開し、窓から見ると小隊は通り過ぎ、また歩いて行く姿が見えた。その時はもうとても追いかける気力など残っていなかった。死んだように眠り、朝を迎えた時には、周りに仲間たちがちゃんと寝ていたという。

それを見て、自分を脅かすために仕組んだんだなと思った三木さんは、

「お前ら俺を脅かそうとしたな？　昨日まんまと騙されたよ。ああびっくりした。でもあんな人数の霊なんてありえないしな」

三木さんは隣の仲間に笑いながら話した。仲間は不思議そうな顔をした。

「お前が昨日は演習行かないって、腹が痛いって言ったろ？　野営に××の場所で待ってるって言ったから先に行ったんだ」

「え？　俺はそんな事言ってない。起きたらみんないなくて焦ったんだ」

「でも、後から参加してきたの見えたから良かったよ。俺らより先に宿舎帰ってたんだな。後ろからついてきたように見えたんだが」

「俺は野営があることも知らなかった」

「でも来たじゃないか。ヘルメット被って」

「それ……俺じゃないと思う」

話を聞くと、腹痛で寝ていた三木さんを念のため演習があるからと起こしに行った同僚に
「後から行く」
と言い、実際フル装備した三木さんがやってきたので、共に野営し演習をしたという。
黙々とした場なので特に何も話さなかったが、夜のせいか顔がはっきりとはしなかったという。でも三木さんだと思ったと全員が言った。

そして、三木さんが見た小隊は彼らではなかった。違う道を通って宿舎に戻っていた。全員がそう言うのだから本当だ。

朝になり三木さんは小隊が去って行った方向に向かい歩いてみた。

宿舎の先にあるのはちょっとした草原と丘。

そうしたところから骨が出るとは聞くが、掘り起こすのは恐ろしいので足元の砂を持ち帰った。そして二度と霊の話はしないと決めた。

それから数年経ち、広島の江田島で海上自衛隊と合流しその砂を皆に見せた三木さん。ただの砂だが皆不気味がった。

「これが硫黄島の日本兵の血と汗の結晶の砂なんだ」

「日本の誇りを忘れちゃいけない。英霊とは……」

飲んだ勢いで、また三木さんは戦争マニアの気持ちが沸き立ち、硫黄島の不思議な話をし始めた。帝国軍の精神論まで語り出し、まるで憑りつかれたように話していたという。

次の日の演習では三木さんは起きてこなかった。夜中に心筋梗塞を起こし、朝は冷たくなっていたという。

持ち帰った砂を胸に抱いていたという。もう一度あの兵士たちに連れていかれたのかもしれない。

その場所で起きた歴史の苦しさを想うなら、そこで何かを持ち帰るのは、その霊の精神まで持ち帰ることになるのだと思わねばならない。

精神に憑りつかれた者は、その精神に殺される事もある。

硫黄島の戦い（１９４５年）

九

福山グリーンラインで消えた子供（福山市）

現在は東京で会社員をしているＳ・Ｙさん。高校生まで福山市で暮らしていた。広島県人会の皆さんで飲みながら、何となく昔行った心霊スポットの話が始まった。Ｓさんには誰にも話していない霊体験があった。


「やっぱ心霊スポット言うたら、福山グリーンラインのトンネルじゃ」

「そうじゃそうじゃ。けどわし、一回も怖い目にあわんわ」

「Ｓさんも行った事あるじゃろ。どうやった」

「わしは……そういえば……誰にも言えんかったことがある……」


30年近く前になるだろうか。

Ｓさんが大学生の頃、帰省した夏休みに友人10人、車３台で肝試しに行くことになった。

せっかくなら福山グリーンラインの心霊スポットに行こうと。ここは県民も良く知る「出るスポット」なのだ。

誰も走っていない夜中の2時、トンネルの中に車3台を停め、エンジンを止めた。ライトも消して真っ暗の中、しばらく様子をうかがっていた。

Sさんは3台目の車に乗り運転が担当だった。その車にはSさん含めて3人が乗っていた。

「何も起きんな」

「前の車に言いにいってくるか。帰ろうや」

Sさんと助手席にいた友人はは車を降り、二人で前の2台に帰ろうと伝えに行った。車のフロントを叩く。

「Yじゃ」

「何じゃ、Y。なんかおったか?」

「なんも起きんみたいやから、帰ろう」

「そうだな、行くか」

そして車に戻り、二人が席に乗り込み、ドアを閉めようとした時だった！

閉めようとした助手席側のドアの隙間から、「白い雲のようなもの」がフロントガラス辺りからものすごいスピードで入ってきて横切った。

車の中にいた３人共
「うわあーーーー！」

と思わず声を上げた。

Sさんは車を急発進して、トンネルの外に出た。車を側道に停め、前の２台もそれに気づいて停まった。

「どうしたんじゃ」

「車の中にすごい雲みたいな白いのが入ってきたんじゃや、見んかったか」

「わしらの方はなんもなかったが……」

Sさんの車だけがその白い雲みたいなものを目撃したのだった。

それからどうやって帰ったか覚えてないほど、Sさんは家路を急いだ。

明け方家に帰りつき眠り、目を覚ますと、どうも体が重い。熱を計ると40度を超えていた。それからは記憶がない。数日間うなされてやっと元気になった。一緒の車にいた他の2人は全くそんな症状にならなかったという。

後で全く別の友人に聞かされたが、1984年に子供が誘拐され、殺害された事件現場がこのトンネル辺りだったという。遺棄された遺体がこのグリーンライン沿いだったという。

そしてその亡くなった子供の名前が、S・Yさんと同じ名前だった。

Sさんはそれを聞いて再度背筋が凍りつくのを覚え、ここで起きた不思議な現象を伝えた。あの白い雲みたいなのは、その亡くなった子供の霊……。

そういえば、運転席のドアを閉めてしまったから、出て行けなくて……。

「お前の名前聞いて、自分が呼ばれたと思って遊びに来たのかもしれない」

Sさんはまたゾッとした。そしてあの熱の悪夢が続かないよう、ここで起きた体験は絶対に誰にも話さないようにしようと誓った。

記憶を消してしまった故か霊のいたずらか、同乗した他の2人の友人の顔も名前も思い出せない。どこでどうしてるのかさえ。

そこまでSさんは語り、グラスの酒を飲んだ。ひどく顔色が悪くなったように見えた。

「こうして話すとまた、熱が出るんじゃないかと思ってます」

そう言うと、トイレに立って行った。そのSさんの背中に小さな白い手が見えたように思ったのは気のせいだろうか。

そしてSさんとはしばらく連絡が途絶えている。

十

神隠しの一家心中事件
（北広島　世羅町）

ルポライターの関さんは、難解事件を解くのが好きで、全国の迷宮入り事件や行方不明事件を取材して記事を書いている。

彼が扱った事件の中で、もっとも事件現場でゾッとしたのが「世羅町一家神隠し事件」だ。

二度と取材したくないと思う現場だったという。掘り下げれば掘り下げるほど不気味なことが周りで起き、ついに書くのをやめた。

それでもしばらく霊現象が起きるので、数回お祓いに行くほどだった。

その不思議な事件の概要はこうだ。

今から15年くらい前、広島県の世羅町で、50代の夫婦と70代後半の母親と26歳の娘と飼い犬のシーズー犬がこつ然と失踪したのだ。

奥さんは朝から会社の旅行に行く予定で、朝食の準備をしたまま。全員サンダルばきでパジャマ。娘さんも別の場所で暮らし、婚約者もいて、たまたま前夜に化粧品を取りに実家に立ち寄っただけ。なのに全員が消えてしまった。

旅行に来ない奥さんを変に思い、同僚がこの家を訪れてやっと失踪だとわかった。

この事件は全国でも大スクープとなり、心霊学者や透視の人まで出て犯人探しをした。

しかし周りの住民たちはこんな噂をしていた。

「あの山を売ったからじゃ」

「神隠しじゃ」

そう。この一家はこの一帯の地主で、名家と言われた家。

そして近くの山は、江戸時代に女中が逃げて失踪してしまったことがある。それ以降、何人か失踪するたび、この山に関わると「神隠し」に遭うと噂されていたのだ。

この山の持ち主がこの一家のご主人の実家であり、売却してしまったのだ。

山を勝手に売ったことの祟りだとも、人々は噂した。

関さんがその家を見に行った時、何だか後ろからじっと人に見られている感じがしたという。それも数人に。

もちろん他の記者もいるから、人は近くにはいたが振り向くと誰もいない。また前を向くと、確かに視線や人の気配がする。

「ここに関わるな」

そんな地の底から上がってくるようなつぶやきが聞こえた。

まわりを見回したが、それほど近くには人がいなかった。

背筋がぞっとしたので、そこで家の外観写真を撮って帰った。

写真には白い丸いものがたくさん写っていた。

それを見ただけで首が絞められるような苦しさがあった。どうも不気味なので霊能者の友人B氏にその写真を見せた。

「この窓から娘さんが覗いてる。犬を抱いて」

「奥さんと旦那さんが言い合いしてる。仲が悪いようだ」

ニュースなどを見ないB氏が淡々と事件の真相を語っていく。

「それ、奥さんの浮気か何かじゃないかって話があるが……」

「それより、この家に同居の母親がいるか？」

「ああ、いる」

「体が弱っているよな」

「そういう話だった。79歳だったかな」

「面倒を見るのが嫌になってた雰囲気だな」

「介護になってくれれば、どこのうちもそうだろうな」

「……奥さんが旅行に行く間の母親の面倒を見るのは誰だったんだ」

「旦那さん？　でも男は仕事だしな……」

「そのために娘が実家に帰ってきたんじゃないのか」

「娘は化粧品を取りに行くって、送った友達に言ったようだが」

「家の事情を知らせたくなかったんだろ。結婚前だったか」

「そ、そうだ……婚約者がいた」

「尚更だろうな。家族の仲を取りまとめるのが娘の肩に重くかかってる」

「じゃあ、やっぱりただの失踪か？」

「この家の主が、旦那さんか、皆を連れてどこか行こうとした。娘が帰ってきて、妻がいなくなる前に家族会議をしようとしてる」

「どこに行ったかわかるか」

「多分どこか……でもこの旦那が何か大きな強い霊に引っ張られている。先祖代々の何かだ……うう山奥ってことしか見えない。どこかで転落してないか」

「いや、まだ発見されてない」

「多分この主の関係がある場所にいる。そこに連れて行ったんだ。狂気的になって乗せたように思う。一瞬の狂気が彼にかかってるのが見える」

「……つまり、心中ってことか？」

「そうだ。だが、単純じゃない。生霊かもしれないがとにかく大人一人を狂わせる霊魂が旦那に憑いている」

「聞きたいのはこれだ、この家族は生きてるのか、死んでるのか？」

「今はもう死んでいるだろう。この世にいない。だから娘が写ってる」

「どこにいるのかわかるか」

「山が関係してる。息苦しい場所にいる。広い湖のような所」

写真を何度も見るが、関さんには写った窓に娘の霊も何も見えない。だがBさんはこういった事件をよく当てる。

この一家の事件は暗礁に乗り上げた。他殺などの事件性が薄くなったからだろう。関さんはB氏の話から、遺体がどこにあるのかを先に探したいと思った。

もう一度同じ場所に戻る。

雨が降り、事件現場はもう人がいなかった。家の車でどこかへ行ったとして……山奥というキーワードでそのあたりの山を運転して回った。

ナビがない車だから、だんだん迷って来た。山の方は霧も深まっていた。

その時、車に異変が起きた。

下り坂というのにブレーキがきかない。よく見るとギアがドライブから勝手にN、ニュートラルになっているのだ。ニュートラルでは車は傾斜に合わせて進み、コントロールがきかない。ブレーキがきかない以上、ギアを変えられない。

こうなるとハンドブレーキしかない。慌ててブレーキを手で引く。

「キキー！」

激しいエンストで車が停まった。

ほっとしたのもつかの間、目の前に男の人が立っている。雨の中傘もさしていない、ずぶ濡れの男。

「うわあああ！」

男の顔が半分骸骨のようにただれ、崩れていた。

運転席で関さんは頭を抱え、しばらく隠れていた。

コンコンと窓を叩く音がする。

絶対に見ない。そう思って関さんは頭を抱えたままじっとしていた。

すると、ドアをガチャガチャと開ける音がした。

「あっち行け！　来るな！」

ついに大声で叫んだ。すると音が止んだ。

うっすら目を開けると、車のフロントから後ろまでずらりと人が立っていた。ボロボロの着物を着た人、昔の侍のような男、子供、女、カッパのような動物、だがどれも、命がある人間の姿には見えなかった。

「うぎゃあああ」

とっさにエンジンをかける。古い車のせいか、エンストがいけなかったか何度もかけて、やっとかかった。ブレーキも効いている。

前を見ずにとにかく山道を降りた。もうどこかにぶつかってもいいから、この道を越えなければ。降りたら捕まってしまう。

このとき追いかけてくる車も、前を走る車もなかったから、何とか事故も起こさず生き延びたんだと関さんは言う。

「もしカーブに湖や崖でもあったら、落ちて死んでた」

一年近く経ち、近くのダムが水不足で干上がった時があった。底に沈んでいたのだろう。この一家の車が見つかったのだ。

普通はガスで膨れた水死体は上がってくるのだが、車の中に閉じ込められていたから、水の底にいたままだったようだ。

関さんはそのニュースを見てぞっとした。

一家心中で済まされたが、関さんは事故だと思っている。あの山に潜む「神隠し」に遭った霊が山の持ち主が変わることで何か事を起こしたのでは……。

一家が亡くなった後、次の持ち主はあの山をきちんと祀ったのだろうか。

関さんはB氏に連絡を取ったが、なぜかB氏とは連絡が取れなくなった。

そして、引き揚げられた車のギアはN、ニュートラルのままだったという。

関さんのような現象で、運転手がパニックになったのかもしれない。

今も事件は謎に包まれている。

もう二度と話したくないし、行きたくないと関さんは語る。

筆者もこれを書きながら、少し首が絞められたように苦しくなってきたので、ここで筆を置く。

何事も、立ち入らない方がいいところには立ち入らない事が身の安全だ。

ご一家と神隠しに遭った方々のご冥福を祈る。

十一　首なしライダーに追いかけられる峠
（広島市　野呂山）

広島県は平野が少なく、海に向かった後ろ側は山地となっている。それで峠道が多いのだ。峠道というと、走り屋には最高の遊び場だ。

暴走族が多い時代は、あまりのうるささに誰かがピアノ線を引き、バイクに乗った数名のライダーの首がその線で切れて飛んだという話もある。全国各地でそんな荒い暴走の神話がある。

それはこの山で起きたかどうかはわからない。

ただ、ここは首なしライダーが手を挙げながらバイクで追っかけて来るという。

永井さんは呉で生まれ育ち、東京の大学に進学していた。大学の友人が実家に帰省したついでに遊びに来たいと言うので、2、3日泊めることにしていた。

永井さんは実は心霊研究会に入っており、高校時代も友人と広島の心霊スポットに行くのが趣味だった。

どこで何が出るとか、様々なネットの情報を駆使しては、新しい場所を探す。地元の呉の野呂山もそうだった。

だが、今まで行っても特に何も起きなかった。

その日は友人2人と永井さんで出かけた。

峠の途中にトイレがある。永井さんは車に残り、友人2人がトイレに行った。

「こんな途中で待ってて、ヤンキー車にでも絡まれたらヤバいな」

永井さんは幽霊を元々信じていないし、広島のヤンキーやヤクザかぶれの方がずっと怖い。エンジンをかけたままいると、白いセダンが近づいてきた。

「やべえな、マジでどかさないと殺されるかも」

セダンがチカ、チカっとヘッドライトを二度パッシングしてきた。

一方、トイレに行った友人2人。壁に言葉が書いてあるのを読んでいた。

「なになに？　白いセダンが二回パッシングしたら危険の合図？」

「矢印があるぞ、地図になってる」

その言葉の先に矢印が書いてあった。

それは簡単な地図。そこの中のカーブに丸印がついていた。

車に戻ると前の場所に停車していなかった。他に車も見当たらない。ここで置いてけぼりにされたらかなわない。二人は慌てる。

「どこ行ったんだ、永井！　おい！」

すると山の奥の方に永井さんの運転する車が見えた。

友人二人は慌てて乗り込む。

「何やっとんじゃ。前の場所になかったけ、慌てたわ」

「すまん、さっき後ろからきたヤンキー車がパッシングしてきたけ、どかした」

「パッシング？」

「ああ、白いセダンがな」

友人二人が顔を見合わせた。

「それ、何回パッシングした」

「二回な。ピカピカって」

「……それ、危険の合図じゃ！　あの地図、あの場所に行かんと！」

永井さんは二人の説明を聞きながら、慌ててその地図の丸印があったカーブへ運転して行った。

真っ暗の中、ヘッドライトをハイライトにすると、そこには花束がいくつも置いてあった。

「誰かここで死んだんやろな」

「事故かな」

「自殺かもしれんな」

永井さんは運転しながら、ブレーキがあまりきかなくなっているのに気づいた。ギアをローにしながら、二人の友人には言わなかった。

そこで騒いだら、自分たちの車も崖から落ちそうな気がしたから。

あのトイレでの落書き、一体何だったんだろう。永井さんは今も不思議に思う。あの白いセダンがパッシングしたあと、車を奥に動かしたが、思えばその車が追い越していったわけでもない。どこに行ったんだろう。

そのカーブでは何度も事故が起きていた。

白いセダンは死の道先案内人なのかもしれない。

運転席の男は、首なしだった気もした。

十二　戦艦大和の亡霊（呉市）

戦艦大和をご存知だろうか？

戦時中、世界最強と言われた日本の戦艦で全長２６３メートル、幅38・９メートル、ビルにすれば約15階にもなる高さを誇った。

昭和20年４月、アメリカ軍の総攻撃を受けて沈没。引き揚げもできず鹿児島の海に今も眠る、幻の名鑑。

現在も世界が認める戦艦の1位にこの「戦艦大和」がある。

それほどに、世界中の人々の称賛を浴びて乗り出した船だったのだ。

呉の港はその当時、東洋一の軍港で、この戦艦が建造された港。

海軍工廠といわれる旧海軍の造船所で作られていた。

ところがこの巨大な戦艦は進水式までただの一度も、建造されているのを見られたことがなかった。地元の人は誰一人知らなかったのだ。

呉は港の反対側は丘のような山になっている。今も「歴史の見える丘」には港を見下ろせるような立地があり、人々は港を見下ろすような場所に住んでいた。なのになぜ？　これは当時からの語り草となっていた。

「戦艦大和は別の港から持ってきたんじゃ」

「同盟国で作らせたのを、呉に持ってきたんじゃやないか」

真相を言うと、戦艦大和は確実に呉の港のドックで造られた。

実はこの戦艦大和の建造は、最大の国家機密として粛々と進められた。工事に関わる人間は皆、身分証や身元など徹底して調べられた。ドックは板塀や屋根、網などで目隠しされ、絶対に外からはわからないようにしてあった。

それほど、大和は当時の最新鋭の技術と武器を備えていたのだった。

そして、呉に住む人の大多数が海軍工廠で働いていたにもかかわらず、たった一人もこの造船を漏らす人物はいなかったのだ。

何千人もの関係者がいて、関係者には家族もいたのに誰もこの事実を漏らさなかった。それだけでも実にミステリーである。

昭和15年8月、大和は建造ドック内から船で引き出される形でその姿を見せた。しかしそれも極秘であり、突然式典が始まったという。

その海軍工廠に勤めていた矢田善國さん（仮名）はまだ20代で、その姿を厳粛に見つめ、関係者や家族は港まで旗を振りに行った。大和は、それはもうとんでもない艦で、その先の日本の勝利をこの大和が握っていると思ったという。

どの関係者も、海軍兵、将校、誰もが大和に絶大な自信を持っていた。

「不沈戦艦」人々はそう呼んだ。

沈まないバランスを持てるよう、魚雷攻撃で浸水した場合、反対側にも同量の水が入るようできていたのもある。

善國さんの弟、輝夫さんはまだ17歳だったが、母親の定さんに別れを告げ、意気揚々と乗り込んでいった。海兵団に所属していたためだ。当時は15歳でも乗組員になっていた者もいた。嫌々ではなく、海軍に入るんだ！　大和に乗るんだ！　という意気揚々とした輝夫さんを、家族は笑顔で送り出した。

定さんは末っ子の輝夫さんを溺愛しており、一人涙を流していた。

「大和は沈まんけ、大丈夫じゃ」

善國さんはそう言って、輝夫さんの肩を抱き、別れた。

「わかっとります。お国のために勝って

きます」

不沈の神話を乗せた一つの山のような戦艦に、希望の旗を振る呉港の人々。

海軍式の敬礼をした輝夫さんのピンク色の頬は輝いていた。それが輝夫さんの最期の姿だった。


本当は、戦艦大和の出撃は「海上特攻」だった。戦線の沖縄に向かい海から特攻を仕掛ける戦艦。大和の砲台の破壊力は、戦艦一隻を沈められる威力があったからだ。沖縄の浅瀬に乗り上げても、空と海からの襲撃にあっても、無謀にも突っ込んで行くという運命にあった。戻れる作戦ではなかったという。


昭和20年4月7日。アメリカの魚雷10本と空からのグラマン機の巧みな攻撃にやられ、遂に大和が沈む。

3000人以上の乗組員の9割が、海で亡くなった。

大和と運命を共に沈んでしまった者、海に投げ出された者。


「輝夫は、どげんなったじゃろか」

「大和から助かった人もおる、いうとった」

しかし願いむなしく、輝夫さんの戦死通知がきて、家族は肩を落とし悲しんだ。

定さんはもう、がっくりとして寝込むようになってしまった。

戦争が終わり、何年か経ったあと、寝たきりになっていた定さんはやせこけ、立ち上がることもできなくなっていた。輝夫さんの位牌を抱いては涙ばかり流している。善國さんは結婚もせず、定さんの面倒を見ていた。

夜中、突然汽笛が鳴った。港の船は着いておらず、漁船が繋いである程度。汽笛を鳴らすような船はいない。もしや、あの汽笛は……？

突然、壁にかけていた輝夫の遺影が傾いた。

「て、輝夫が、帰ってきとる！　大和が港に戻ってきとる！」

ほとんど動く事ができなかった定さんがすっくと立ち上がり、以前のように元気に歩き出した。玄関先に走っていく。

慌てて善國さんが後を追う。

「母さん！　母さん、もう輝夫はおらん。死んどる」

「いや、今、下の港に来とる。大和に乗って戻ってきとる」

家は丘の中腹にあり、坂道になっている。港は真正面にあり、行き来する船は眼下に見える。善國さんは定さんを追って、玄関から外に出た。

その時、高らかなラッパが鳴り響いた。海軍のラッパだ。

もう一度、大きく汽笛が鳴った。

「善國！　ほら、港みてごらん。大和が戻ってきとるじゃろ！」

善國さんは目をこすった。

本当にあの大和が港に入って来る。彼が造ったあの大和。忘れるわけがない。霧のような白いもやがかかっているが、確かに大和だ。

「本当じゃ……大和じゃ……」

「港まで、輝夫を迎えに行こう、なあ、行こう！」

あの定さんが小走りに坂道を降りていく。善國さんも大和に向かって走る。

港のそばまでいくと、巨大な船から海軍服を来た兵士が降りて来る。セーラー服に帝国海軍の文字が入った帽子。詰襟服、白い煙筒服、様々な人が笑顔で桟橋に降り立っていた。

「輝夫！　矢田輝夫はおりませんか？」

「矢田輝夫！　母さんと兄さんが迎えにきたぞ！　どこじゃ！」

善國さんと定さんは声を張り上げて言った。

ぞろぞろと出てくる海兵たちは、二人を見ようともせず通り過ぎていく。

「ちょっと、すみません、矢田輝夫を知りませんか？　二等兵です」

善國さんはいてもたってもおられず、一人のセーラー服の兵士の肩を掴んだ。

ところが、掴めなかった。空気しかなかった。

海兵の一人がぶつかりそうになった。肩が当たると思った時、その海兵は善國さんの体を通り抜けて、去って行った。

「これは、生身の連中じゃない……」

思えば、これだけの船が入港し、汽笛やラッパが鳴る中、町の人間がだれも起きてこない。

もしや幽霊船じゃないか？　善國さんが思った瞬間だった。

「輝夫！　ああよかった輝夫！　戻ってきた！」

定さんが悲鳴を上げて、輝夫さんの元に駆け寄っていった。

「母さん、いかん、これは幽霊じゃ、幻じゃ！」

しかしなぜか、善國さんの声が出ない。

10メートルくらい先に輝夫さんが立っていた。

栈橋から降り立ち、あの日と同じようにピンク色の頬を輝かせ、セーラー服に帽子を被り、笑顔の輝夫さんが大きく左右に手を振っていた。

善國さんはその姿に、ただただ涙が溢れ、体が固まってしまった。

輝夫さんの後ろに明るい白い光が煌々と輝いていた。

「輝夫！　こっちに早く！」

定さんが手を伸ばした瞬間、

「母さん、兄さん、ただいま」

声は聞こえないが、輝夫の口の動きでそれが見えた。

定さんが手を掴もうとする。しかし輝夫がその場で「来るな」というゼスチャーをして首を横に振った。よく見たら、輝夫の腰から下は透けていた。

「輝夫……」

海に落ちそうになった定さんをようやく掴まえ、善國さんは後ろに倒れた。よく見ると桟橋も少しずつ消えかかっている。それも幻だったのだ。気が付くともう輝夫の姿はなかった。

「ボーボーボー」

再度汽笛が鳴り、大和は霧に囲まれたまま港を出て行った。そしてその姿は数秒もすると、視界からかき消えてしまった。

「母さん?」

定さんは気を失っていた。おぶって、また家に戻った。海は何事もなかったように静かだった。霧だけが深まっていた。

翌朝、仏壇を見ると輝夫の遺品の帽子が濡れていた。定さんは以前より元気になり、歩けるようになった。

「輝夫がちゃんと別れを言いにきたんじゃろ」

「やっと戻ってこれたのう、輝夫」

定さんと善國さんは位牌と帽子を交互に抱き、涙した。

近所では戦死した乗組員が枕元に立ったとか噂が立った。もしかすると、あの時の大和は亡くなった乗組員を港に送ってきてくれたのかもしれない。

しかし時折、大和の汽笛が鳴るとも言われる。大和自身がこの母なる港に戻ってきているのだろう。人々に愛され過ぎた大和のふるさとは、今も呉だからだ。

総攻撃を受ける沈没寸前の戦艦大和

十三　人面と頭の石が写り込んだ記念写真
（広島市　原爆ドーム）

熊本からの修学旅行は、中学生は広島と決まっていた。

中学のクラスの同級生の路子は少し変わり者だった。でも今思えば、ただ霊感が強い少女だったのかもしれない。

ホテルでは８人部屋。小さなテレビがあり、消灯をすぎても路子はテレビを消さずにいた。さすがに注意すると、画面を見て号泣していた。

「どうしたと？」

「何でもなか、こういうこと、たまにあるとよ」

その画面はＮＨＫの「戦争特集」のようなものだったと思う。子供を亡くしたお母さんの話だった。随分渋いテレビを見てるなと思うだけで、中学生の私は何も考えず眠った。

少し眠ると、私の右手を握るような感覚があった。私は確か壁側で、右側には誰も寝ていなかったが……と思うと、私の顔の上の空気をぎゅーっと締めていくような感じがあった。暗闇の中、見えない細いトンネルにひきこまれていくような感覚。遠くで鐘の音が聞こえはじめた。

うっ。このままだとヤバイ！　と思ってついに目を覚ました。寝返りをうって壁を見たが、何もなかった。

何となく怖くなって、壁を背に、皆の方を見て寝なおした。

路子の目が開いたままこっちを見ていた。

ぎょっとした。

だがいびきをかいていた。目を開けて寝る習慣があったようだ。

平和記念公園、原爆資料館、そして原爆ドームを見学した。

平和に慣れた私達には、胸に迫るものがいくつもあって、この修学旅行の意味を考えている時だった。

「ここで写真を撮ろう！」

路子がドームを越えて橋を渡ったところでそう言った。ドームは川沿いにあるため、綺麗に撮るには少し離れたほうが確かによかったが、自由行動はしにくかった。取りあえず私と路子と二人でドームを背に写真を撮ってもらった。

路子は満足げにしていた。

その後、特に何も起きなかった。

母が修学旅行の写真を現像してきてくれ、あのドームの前で撮った写真を路子の分も焼き増しして学校に持って行った。

渡すと、写真を見るなり

「キャー！」

写真を投げ捨てた路子。

「どうしたと？　何するとね？」

「川に、川に……」

「川に何か写っとるとね」

「川の石が全部、人の頭と顔じゃないね！」

「顔？」

　言い放った言葉に驚いて、もう一度写真を見た。河原の石も写っていたが、人面に見えなくはないが、ただの偶然にしか見えない。

　しかし一人の霊感が少しある子が言った。

「この写真、オーブが写っとる。しかも赤いやつ……捨てた方がよかよ」

　確かに赤い帯のようなものが路子の左側に写っていた。

「貸して！　私が破る！」

　路子はビリビリっと写真を破ってしまった。

「ああ怖かった。変な写真持ってこんでよ」

その時の目を見開いた路子の顔が、まるで狐にでも憑かれたように吊り上がって見えた。

「ここまでせんでもいいとに……」

「あんたがわざとこんな写真持ってきて怖がらせたとでしょ！」

何だか私はせっかく焼き増ししてくれた母のことを想うとやるせなかった。

路子はそんなことは気にもせず、ドームの前の河原の石は人の顔や骨だったと大げさにしゃべってまわっていた。私は路子がすごく嫌いになっていた。それから卒業まで口を聞くことはなかった。

高校が別々になり、路子は看護学校に進んだ。しかし何か狂気めいたところは変わらず、学校を休みがちになっていたという。

成人式で中学時代の友人と再会した。

誰かが路子の話をしていた。

「……で死んだって」

思わず振り向いて話をもう一度聞いた。

「路子、何？　どうなったと？」

「うん。18の時、脊椎のがんで死んだって。あの子中学でも腰にコルセット巻いとったでしょ。あれ、本当はがんだったらしか」

しばらく口が聞けなかった。でも、何となく路子は長生きしない気がしていた。

多分、あの修学旅行のホテルの部屋に、あの原爆で離ればなれになった母親の子供が来ていたんだと思う。

路子に救いを求めたが、ソリが合わなかったんだろう。

あのビリビリに破けた写真、誰が捨てたんだったっけ。

霊のオーブが見えると言っていた子がやってきた。彼女は同い年なのに、50歳くらいの肌になっていた。難病にかかったらしい。

もしかしたら、もしかしたら……私は何も考えずにその場を去った。

十四　車を乗り変えてついてきた少女
（三次市）

広島県の南北を走る道路がある。尾道と松江を繋ぐ高速道路ができてからは、曲がりくねった旧道を通る人は減った。元はその西側に平行に走ったこの道路が主流だった。

その道は国道54号線。脇には明治中期に作られた山道がある。ここはとても夜に通れるような場所ではない。出雲街道とも言われた道は江戸時代のまま今に繋がっているようだ。

そしてその54号線の島根との県境に「赤名トンネル」がある。


会社員のYさんは、三次市に住んでいて、わざわざ高速道路を使わず、昔ながらのこの道を通って島根に向かっていた。

明日朝早くに松江での仕事があるため、向こうのホテルに泊まる予定だった。

今までは昼間だったし、隣にだれかが乗っていたのでそう怖くなかったが、今日は小雨が降る夜。噂の絶えない「赤名トンネル」に向かっていった。

道沿いに白い車が停まっていた。多分、肝試しの若い連中だろうと思って見ていた。俺も若いころは色んなところに行った。白い服の女性がでるとか、子供を探しに来たとか。ああ、考え出すと怖いからやめよう。

停まっていた車から数人が出てきた。女性数人が手を振っている。

バッテリーでも上がったんだろうか、深夜だしあまり関わりたくないが、ヤンキー共でもないし、若い女性なら修理も難しいし、助けてやるかと思って道の脇にYさんは車を停めた。

4人が立っていた。前髪をまっすぐに切った女の子が一人いた。割とかわいい。

雨が土砂降りに変わっていた。3人は傘をさし、その子だけ傘をささずに立っている。

「電話を借りていいですか？　車が動かなくなって」

違う女の子が話しかけてきた。

「どうしたん？　エンジンの故障か？」

よく見るとタイヤがパンクしていた。

「車が急に側道に寄っていったから、横もぶつけちゃって。パンクみたいで」

「ＪＡＦ呼んだ方がええよ」

傘をさした３人は大学生くらいだろうか？　さっきの子だけもっと若く見えたが……妹かな？　と見回すがもういない。よく見たら車に乗っていた。後ろ姿が後部シートに見えた。

「ありがとうございました、ＪＡＦ呼べました」

「今日、何人で乗ってきたん？」

「え？　３人ですけど」

「もう一人、いなかった？　ほら車に座って……」

「やだ！　怖い事言わないで下さいよ！」

確かに今見るとその白い車に乗っていない。確かに見たんだが……。

ＪＡＦが来てタイヤを交換したので、Ｙさんは安心して自分の車に乗った。

挨拶をして、もう一人の女性が言った。

「ありがとうございました！　お連れの人にもよろしくお伝えください」

お連れ？　ああ、横に積んでいる会社の荷物がそう見えたのか。運転席に乗り込み、トンネルを越えた。雨の降らないトンネルの中はまるで真空管のように、空気が停滞したように思えた。

（トンネル内でバックミラーを見てはだめだ）

前に友人に言われた事を思い出した。とは言っても後ろから車が来ているか確認しなくてはいけない。

Ｙさんはサイドミラーで確認した。

サイドミラーに映る後部シートにさっきの女の子みたいな人影が座っているのが見えた。

「うわわ！」

声を殺して、トンネルを抜けるまで前だけを見て走った。絶対にバックミラーを見ちゃいけない、見たら俺は死んでしまう！

「急がないで」

車の中で女の子の声が響いた。

「また死んじゃうから」

Yさんは泣きながらアクセルを踏んだ。きっと俺の首あたりに手を伸ばしてきている。ものすごく肩が重い。あの子は俺の車に乗り換えたんだ！　やはり霊だったんだ。

トンネルを抜けた後は、どこをどう走ったか覚えていないが、あるカーブのところでハンドルが持って行かれそうになった。

ブレーキをかけて、なんとかしのいだ。

「チッ」

舌打ちが聞こえ、急に体が軽くなった。

島根のホテルに着いてからはこんこんと眠った。

後から聞くと、山道で少女の遺棄事件があったとか、山道のカーブで家族の運転する車で事故死したとか、トンネルの近くでは色んなことがあったようだった。

事故なら、深夜の雨の日にスリップした車なんだろうとYさんは思う。

トンネルは真空管のように時を止めるのかもしれない。それは亡くなった魂がまだ生きられると思いこんで、たどりつく霊界の境目なのだろう。

十五　もののけ妖怪に憑りつかれた子供

（三次市）

小学校5年生の夏休み。優太はおばあちゃんが住む、広島県の北にある三次市に行った。おばあちゃんはこの前まで元気だったのに、急に体調が悪くなり、寝込むようになったからだ。

優太はおばあちゃんが大好きだったから、少しでもお手伝いできればと思い、お母さんたちより先に着いた。

おばあちゃんは玄関まで出てきて喜んだ。思ったより元気そうなので安心した。

家に入るなり、疲れからか猛烈に眠くなった。古い大きな家、おばあちゃんの布団の隣に布団を敷いてもらい、優太はこんこんと眠った。いつのまにか夜になっていて、おばあちゃんも隣で寝ていた。

昔からある広い農家の作りで、生垣があり、庭があり、座敷は縁側があった。

寝ていると、

「おい」

低い響くような声が聞こえた。

目を覚ますと、畳の上に女の人の首があった。

「うわああ！」

次に見た瞬間には、何もなかった。

「ううう」

隣で寝ているおばあちゃんが苦しそうにしていた。

暗闇でうっすら、おばあちゃんの胸の上に一本の足が見える。

足に踏まれているのだ。

「おばあちゃん、おばあちゃん！」

おばあちゃんを揺り起こそうとする。

「邪魔するな！」

また低い声がとどろいた。その足が話している。足の上をたどって上を見ると……。

「ぎゃあああ」

足の上は胴体も手も無く、すぐ顔だった。それも時代劇に出てくるような、日本髪の女の人。神が乱れて、目が血走っている。妖怪のようだった。絶対に人間じゃないのはわかる。

「お前もこの家のもんか？」

「違います！　違います！」

優太は怖くなって手を合わせた。

目を閉じ、開けるとその妖怪はいなかった。でも苦しそうなおばあちゃんが心配になり、救急車を呼ぶことにした。心臓の発作を起こしたようで、即入院になった。

ベッドのそばで寝ていると、大きな力で自分が宙に浮くのを感じた。

目を覚ますと、本当に大きな手で包まれ、天井まで持ち上がっている。

「降ろせ！　降ろせ！」

叫ぶが声が出ない。うなされるような声がひびいていると通報があり、病院の医師がかけつけ優太を看始めた。優太が気づく。

「おい、君大丈夫か？」

「あ、はい……でも昨日から変なものばかり見るんです」

「何を見たんだ」

優太は昨夜から見たものを全部話した。医師は初め驚いていたがうなずき、おばあちゃんに話しかけた。

「最近、比熊山に登りましたか？」

「……はい。一か月前にふもとの神社に行きました」

「何かありませんでしたか？　ケガするとか」

「そうです、境内で誰もいないのにぶつかって、倒れました」

「誰もいないのに？」

「不思議なんですけど、ドンって肩がぶつかったのは確かなんですけどね」

「体調を崩したのはそれから？」

「そういえば……そうですね。朝起きると胸が苦しくて」

「そうですか……知り合いに祈祷師がいます。すぐにお祓いしてもらいましょう。そこのお孫さんも影響を受けてる。家もお祓いしないといかん」

「病気じゃないんですか？」

「私の祖母が昔言ってたんですけど、あの比熊山で妖怪に肩がぶつかると、死ぬまで苦しめられるって聞いたことがあるんです」


すぐおばあちゃんと優太はお祓いをしてもらった。

その医師は三次市に代々住む人だったので、この土地にある妖怪伝説を知っていた。

「いのうもののけ」

その伝説は嘘ではないようだ。

主人公の稲生武太夫は孝行息子で妖怪を追いはらった。魔王がやってきて、「難」を与えるのが仕事だったという。その「難」は木槌だったという説があり、今も広島市の東区の「国前寺」に木槌が祀られている。

そして比熊山には「たたり石」もある。

他の地域でもそうだが、神に関連する場所で、見えないものに肩がぶつかった時は、何か悪い事があると思ってお祓いを受けた方がよい。

お祓いの後、国前寺にも参り、今は何も起きず、おばあちゃんも心臓の発作はなくなった。先日寿命で亡くなったが、優太は今もその体験を思い出しては、「難」が起きるのは信心が足りないせいだと、広島を訪れている。

十六　遺体を祀る祈りの島（広島湾　似島）

国民休暇村がある似島は、小学生では必ず学校の合宿で行く。

小学5年生の勇樹君も行くのを楽しみにしていた。

「おじいちゃん、似島に明日から行くわ」

「似島？　船で行くんか」

祖父の武雄さんは少し嫌な顔をした。

「学校の合宿じゃ」

「そうか。ほんじゃ、これ持ってけ。何か怖えことあったら、このお札身に着けて念仏唱えんじゃ。絶対体から離すなよ」

「何でそんなもん。誰も持っていかんわ」

「ええけ、持ってけ！」

珍しく激しい武雄さんの言い方に驚き、しぶしぶお守りのような形のお札を受け取った。

「何でこんなもん持ってかないかんのじゃ。カッコ悪い」

机の上にポンと投げて、荷造りしたかばんの中には入れなかった。

それを見ていた武雄さんは、武雄君のパジャマの胸ポケットに入れ、そっと縫い付けておいた。もちろん武雄君はそれを知らない。

あくる日、元気よく勇樹君は早朝に家を出た。

武雄さんは八百屋のため、早朝に市場に仕入れに行くので、勇樹君を見送ることはできなかった。

船で着いた似島は、瀬戸内海の眺めもよくて最高、クラスのみんなでわいわいと騒ぎ夜を迎えた。

勇樹君が寝ていると、バタバタと床を走り回るような音。子供の足音にも聞こえるし、重そうな大人の足音にも聞こえる。

10人いや20人？　いやもっとか？

チリーン、チリーンと鐘が鳴る音がする。

どっかで聞いた鐘の音だ……すると暗い音で念仏が聞こえ出した。

その念仏の音が地の底から聞こえるような重低音で、耳が痛くなる程音量が上がってきた。

足音は勇樹君のそばでピタリと止まった。

どう考えても目を開けたら、自分の顔の横に足が何本も見えるだろう。そして絶対にそれは幽霊に違いない。

そう本能で悟った勇樹君。

うつぶせに寝ていた勇樹君、体を動かそうとするが全く動かせない。指先だけがやっと動いた。

心臓が早く打ち、キリキリと痛い。やっと右手が動き左胸を触った。

「何じゃ、胸ポケットに何か入っとる」

簡単に縫ってあった糸を外し、中から紙のお札のような感覚が指先にあった。

「じいちゃん、じいちゃん」

とにかく怖い時は念仏じゃ！　と武雄さんが言っていたのを思い出した。

「なむあみだぶつ、なむあみだぶつ」

お札を握り締め、絶えず念仏を続けた。

やっと気配が消え、体が動くようになった。そっと目を開けると、窓の外をお坊さんのような袈裟を着た人を先頭に、黒い人影達がついて行っていた。

それもすごい勢いで、何十人もいた。

勇樹君は震えが止まらず、お札を握りしめた。

「勇樹くん」

「ギャー！」

肩を叩かれて飛び上がるほど驚いた。

振り向くと同じ部屋の吉田君が青い顔で立っていた。


「見た？」

「見た」


吉田君は去年東京からきた転校生で歴史が好きで、この似島の歴史も知っていた。


「ここ、死体をたくさん焼いた島なんだ」

「えっ嘘じゃ。じいちゃん何も言ってなかった」

「嘘じゃない。戦争が終わった後……離れたところにあるけど、レンガの建物があって今は跡だけしかないけど、焼却炉だった」

「さっきの行列は……」

「お坊さんがお弔いしてた場所なんだと思う」


勇樹君はこのことを家に帰って武雄さんに話した。

似島の焼却炉。ご遺体はここで火葬された

「やっぱりか……お札持って行ってよかったな」

似島は原爆の投下後、身元不明のご遺体を運んだ場所だった。また、他にもそんな島があった。ご遺体だけでなく、重症患者も診療所に運んだ。

とにかく爆心地近くの広島市は壊滅状態で、海の方へ行くしかなかったのもあるし、検疫所があったからとも言われる。

慰霊碑と焼却炉の跡地がひっそりと建っている。第一次大戦後はドイツ兵の捕虜収容所であり、バームクーヘンを作ったり、サッカーが渡来したのもこの島だった。

今は観光地としても有名で、休暇村や学

校もある。

武雄さんの親戚も何名かひどい重体で運ばれたが、助からず亡くなったという。お墓も吹き飛び、お骨はわからなくなってしまったという。

もしかすると、勇樹君に会いに来たのかもしれない。

十七　霊の集まる部屋（広島市　中区）

転勤してきた須田和夫さんは、会社の近くに3Kのアパートを借りることにした。4月は不動産屋も案件が少なく、出遅れた和夫さんにあてがわれた部屋は北向きの古いアパート。しかし便利ではあるし、値段がとても安かった。

10日もすれば嫁と娘がやってくるので、引っ越し荷物を片付けながら一服していた。

須田さんは神経過敏なタイプ。隣の音が聞こえるのが嫌なので、できれば角部屋で隣が空き部屋というのを探していた。

4月でもまだ底冷えする。特に北向きのせいかひどく寒い。室内はグレーの絨毯がもとから敷かれており、温かいはずなんだが……。

仕方なく電気ストーブを買うことにした。

広島市街、繁華街のすぐ近くにあるせいか、夜中まで騒がしい。窓を閉めても外の話し声が響く。

「安物件すぎたかな」

自分だけならいいが、年頃の娘も住むとなるとこの環境は心配だ。明日でも違う場所に移れないか会社に相談しようと思っていた。

家の中で冷蔵庫とテレビだけが音を出す。

テレビも飽きて夜中に消した。すると勝手にまたテレビがつく。

「ちっ、引越し業者が壊しやがったな」

「ウイーン!」

モーターの音に驚いて振り向くと、多分冷蔵庫だ。

また業者の設定が悪いんだと決めつけて、見もせずにいた。

「カタン、カタン」

今度は階段を上ってくる足音がした。

和夫さんの部屋はモルタル造りのアパートで、少しおしゃれな外観なのだが、階段だけは昔っぽい鉄がさびたような階段なのだ。

歩き回る住民はいないが、足音だけはよく響く。特に階段からすぐの部屋なものだから、余計響く。

「カタン、カタン。キー」

隣の部屋にでも入ったか、ドアの開く音がして消えた。

「あの不動産屋、嘘ついたな。それとも俺の後に契約して入ったのかな」

次の日、電気屋にストーブを買いに行った。気温も20度を超える日が続いており、店員も変な顔をした。夜が寒いのを伝えると、安い小さな電熱器みたいなストーブを勧められ、買った。

電源を探そうとして、部屋の隅を探している時だった。

隣の部屋から物を運ぶような音がする。よく聞くと男女の怒鳴り声も聞こえる。男がヤクザっぽいのか広島弁がきついのかわからないが、相当怒鳴っている。

「やめて！」

「わかっとらんのはお前の方じゃ！」

ドシン、ガタン！　激しさが増していった。

これは相当やばい状態じゃないか？　心配になり、玄関を出た。

外に出てしまうと、物音はしなかった。

部屋の中に戻ると、ストーブが倒れていた。

慌てて戻すと、床のグレーの絨毯が熱のせいか変色していた。

「まずいな、大家に何て言おう」

変色した部分を冷やそうと、雑巾を水に濡らし拭こうとした時だった。

「何だこのシミ」

変色したと思っていたら、それは長いシミだった。そのシミは……隣の部屋の壁から続いている。念のため、雑巾で拭く。雑巾は赤くなった。血の色だ。

どんどん壁から染み出すように、絨毯のシミは広がっていく。

「う、うわあ！」

隣の部屋の音がしなくなったと思ったが、ついに男が女を殺したんだ！　とっさにそう思った和夫さんは警察に電話をする。

警官が来て、大家さんもやってきた。

「隣の男女がどうも喧嘩で殺してしまったんじゃないかと思います」

しかし大家と警官は変な顔をした。

「須田さん。お隣は1年前に引っ越されて、今は空き室ですよ」

「でも、ほら血のシミがここまで流れてきてる」

警官がシミを見た。

「壁に何かあるんでしょうかね」

警官が壁をコンコンと叩く。

「この壁の位置、隣だと何になります?」

「押入れです」

「隣の部屋、確認していいですか?」

「押入れも全部何もないのは確認しとるんですが」

「不法侵入者が住み着いているのかもしれないでしょ?」

「ああ、それは見てもらわんと困るわ」

そう言って3人は隣の部屋を開けた。

真っ暗の中に人が住んでいる雰囲気はなかったが、ひどく重苦しい空気を感じた。そして何だか変な匂いがする。

「ちょっと押入れ確認してきます」

警官が懐中電灯を持って、奥の部屋の電気をつけた。

「うわあ！」

「何じゃこりゃ！」

壁中に血の飛び散った跡があった。絨毯には大きな血のシミか何か溜まっていた。

その後、警察が調べ、押入れから体の一部と思われるものが見つかったという。ただほぼ白骨化しており、そこから隣の壁まで伝って血のシミができるとは思えなかった。

事件は思わぬ方向で結果が出た。隣の部屋は以前に鍵屋が鍵を直したことがあり、人が入居してもわざわざ前の鍵を変えたりしないということを知っていたため、女を連れ込んで寝泊まりしていたようだ。

犯人は見つかったが、その犯人は自首してきた。

須田さんが何度も音を聞いた頃、犯人の枕元に殺した女が首を締めにやってきたからだ。恐怖のあまり出頭してきたのが同じ日だったのだ。

あの物音やシミは、須田さんに何が起こったか知らせてほしいというサインだったのかもしれない。

須田さんはすぐにそのアパートを引き払い、今度は隣が空いていない物件を探すように決めた。そしてコスパの良い物件は不動産だけは気を付けようと心に決めた。

十八　天井に張り付いた女（広島市）

繁華街近くにあるビジネスホテルに急きょ泊まることになった、保険会社調査員の吉川さん。彼の奥さんは私もよく知っている先輩だ。

保険金詐欺の可能性のある、契約者の元を訪ねる予定だった。

契約者は夫、被保険者は妻。二人は長い間別居しており、夫には結婚を約束した愛人がいた。先日妻が自動車事故で亡くなった。

それだけなら怪しくないが、その事故の1週間前に契約者が希望して、保険金額を1000万円ほど増額していた。

ところがその増額を承諾した日、その妻は海外に旅行に行っていたのだ。面接士に健康上の告知をする必要があるが、それも容姿をきくとどうやら妻ではない。

もしかすると愛人と組んで告知も署名も、妻の替え玉になってやったのではないのかと疑惑がある。

そして、その事故もブレーキ痕がなく、事故より事件性があると言われる。

「限りなくクロなんだけどな、証拠でもねえとな」

ホテルの一室でタバコをふかし、天井を見上げる。雨漏りでもしてたのか、やけに茶色いシミが広い。

その日はあいにく広島で要人の集まるイベントもあり、いつも泊まる綺麗な最新のビジネスホテルは空いていなかった。昭和の香り漂うホテルだけに、お世辞にも綺麗とは言えなかった。

夫の足取りを調べ、話を聞いてきたが、契約に関してはどこまでもクロというだけで、奥さんが日にちを間違えて書いたんだと言い張る。

告知を受けた面接士が間違うはずがないのだが。

うとうとしてベッドに仰向けに寝た。

しかし何だか寝付けない。急に耳鳴りがしてきた。視線を感じて上を見ると黒い髪の長い女が張り付いていた。

「おわっ」

声が出せなかった。一瞬だった。もう一度恐る恐る見たが何もなかった。

次の日、ドアを開けて廊下に出た時、背後に人の気配を感じた。振り向いたら誰もいなかった。廊下の向こうに大きな鏡がある。身だしなみと思って鏡の前に立つ。

うわ！　吉川さんは息を飲んだ。

背後の天井に、赤いワンピースを着た女が張り付いてこっちを見ている！　吉川さんは急いでフロントに行った。

「僕が泊まった部屋、何かあった？」

フロントの社員二人が顔を見合わせた。

「何かありました、とは？　どういうことですか？」

「天井に女が張り付いてたんだよ。とにかくあの部屋出るんだったら違う部屋に変えてよ」

「……わかりました」

社員と一緒に部屋を移動し、例の契約者の家に行った。

契約者の男性はひどく顔色が悪かった。

被保険者の妻の確認資料として写真を提供してもらう予定だった。契約者が奥さんの遺影を見せた。顔写真では意味がない。

「身長170センチで58キロとありますが、告知に来られた方はかなりふくよかで、身長もハイヒールでごまかした可能性あるんですよ」

「そ、そんなはずありません。これがうちのやつの写真です」

受け取った写真を見て吉川さんはぎょっとした。赤いワンピースの女、あの天井に張り付いていた女と同じような服だったのだ。

「こ、このワンピースは……？」

「新婚旅行で買ってやった服です。気に入ってずっと着てましたね」

「こんなこと言うのは何ですが、奥さんどうして殺したんですか？」

男の顔が一瞬曇った。やっぱりな。カマかけてやったが、こいつは完全にクロだ。震え声で、諦めたように話し始めた。

「どこに行っても、付いてくるから嫌になったんです」

「後ろを付けられてたんですか？　まあ、確かに嫌ですね、ストーカー妻は」

「……だけど今も付けられてるから同じでした」

「もう死んでるでしょ？　何で…」

変な事を言う。男は天井を指さした。

「いますよ。そこに、ほら」

吉川さんは振り返り、指さした後ろの天井を見た。ただの赤黒いシミだったが、一瞬、赤いワンピースの妻にも見えた。

「すみませんでした！」

男は号泣しはじめ、警察を呼ぶことになった。

男が言うには、奥さんの生霊がいつも男の出先についてくるのだという。浮気した女性も何度も生霊に苦しめられた。

別れるしかないと思ったら、更にひどくなり、ついに事故を装い、計画殺人をしてしまう。愛人にそそのかされ、せっかく殺すなら迷惑料として生命保険をかけてから殺そうとなったらしい。どこまでもイカレている。

だが奥さんが亡くなってからは、その愛人とも別れてしまった。

今は霊になっていつも天井に張り付いていると、精神的に狂い始めていた。

「生霊なんてなあ。やっぱり男は粘着型の女と付き合ったらおしまいですよ」

「……吉川さんの奥さんはそうじゃないですよね」

「そ。うちのは仕事も理解してくれるし、あっさりして男みたいだから」

「そんな気がします」

「でも色気も無くなったしな。家じゃジャージでゴロゴロしてるよ。女もそうなっちまうと終わりだよな」

「はあ……そうですか」

そう言って笑いながら吉川さんは立ち上がった。吉川さんの奥さんも結婚する前は女性らしいワンピースが好きだった。

今、吉川さんの後ろの天井に張り付いているワンピースの女は誰なんだろう……。

十九　大和ミュージアムを歩き回る海兵たち（呉市）

戦艦マニアの友人Mの話だ。

呉駅から少し行ったところに、有名な「大和ミュージアム」がある。戦艦大和の10分の1の精巧な模型があり、それでも相当大きく見ごたえのある場所だ。向かいの「てつのくじら館」では巨大な潜水艦が展示されており、海軍の港町「呉」の雰囲気が思う存分楽しめる。

近くには海上自衛隊の総監部もあり、港には自衛艦が浮かび、観光客が軍港都市だった昔をしのぶようにやってくる。

Mは何度もミュージアムを訪れ、どこに何の展示があるかまで覚えるようになるほど、この「大和ミュージアム」が好きだった。

日々に疲れたら、戦艦大和を見るのが好きなんだという。

最近できた彼女を連れて何度目かの「大和ミュージアム」に連れて行った。彼女は少し霊感がある。Mと付き合うのも「神のお告げ」だとか言って付き合い始めた位、変わっている。

最初ここへ来るのを彼女は嫌がった。女性はそうだろう。戦争と聞いただけであまり嬉しくない。怖いイメージがあるからだろう。

「ここ、何だか私を拒絶してる」

「ここが？　何でじゃ。行きたくないだけじゃろ？」

「違う。何かずっと見てる人もいるし」

見回すと休日のため、いつもより人は多かったが、二人凝視している人などどこにも見当たらなかった。

「ぎゃあ！」

突然彼女が発狂して座り込んだ。周りがじろじろと見ている。

「どうしたんじゃ？」

「水兵さんがこっちに、すごいたくさんやってくる！」

「ええ？　何言うとんじゃ！」


人の波があるにはあるが、水兵なんて一人も歩いてない。


「どんな格好しとんじゃ、水兵って！」

「白いベレー帽みたいなのにハチマキしてて、紺色のセーラー服着てる」

「そんな奴おらんぞ」

「どんどん増えてる！　何十人、１００人くらいが歩き回ってる！」

どうも彼女の目には、水兵がぞろぞろと館内を歩き回っているというのだ。

客として歩いていた元海上自衛官のおじさんがいた。様子がおかしい彼女に声を掛けてきた。

「どうしましたか？　気分悪いんですか？」

「はあ、彼女が、水兵がたくさん見えるって言うんですよ。いませんよね」

「いや、いるかもしれん」

おじさんが神妙な顔で胸ポケットから写真を取り出した。帝国海軍のハチマキがついた白い帽子の制服を着た、古い海軍兵の写真。

「お嬢さんに見える水兵はこんな格好ですか?」

「……そうです」

「そうか。やっぱりな」

「やっぱりってどういうことですか」

彼女が見たのは旧海軍の兵達だった。呉港見える人にはたまに見えるらしい。

は海軍の港。元海自のおじさんは見えないが、何度か聞いたことがあるという。

「だからもう別れたよ。俺に向かっても発狂しはじめてさ。変な女だった。だけど何であの時、海軍兵の霊がうろついていたんだろうな」

それはM君、君の背中にすでに海軍兵が憑いているから……海軍兵たちは仲間に会いに来てるんだろうけど、君に見えないだけだよ、とは言えない。

二十　兵隊さんを乗せたチンチン電車が走る
（広島市　御幸橋）

平和記念公園から南西に行ったところに「御幸橋」がある。

安川にかかる橋で、原爆が落ちた日、この川へ水を求めに被爆した人々はみんなそこへ向かった。

「生死を分けた橋」と人は言った。

この橋を渡りきれた者は生き延びることができ、渡り切れない者は命が途絶えたという。それは、爆心地から1キロ近くのこの場所にさえ歩いて行けない状態の人と、まだ歩ける人の傷は大きくダメージが違ったのだ。

「助けてくれ〜」

「水を〜」

押し寄せる人々の中、うずくまり倒れる人、倒れて動けない人。

手だけが先に延びている。

その橋を渡った美都子さんはまだ8歳だった。やけどだらけの母親に手をひかれ、その橋を渡った。振り返った光景は涙なしには話せない。


「美都子！　振り向いたらいかんけ！」


その母の言葉だけが耳に残っている。だから今も橋を渡る時は絶対に振り向かない。

渡り切った母も、その後の感染症で亡くなってしまった。


今はもう78歳になる。

あの時の御幸橋を忘れたことはない。

8月6日が来ると、その橋を渡るたびに凛とした気持ちになり、後ろ髪を引かれるような気持ちになる。本当に足がすくむ。

あの日なぜ、みんなは御幸橋を目指したんだろう？　それが美都子さんの長年の疑問だった。

東京から遊びに来た、孫の百花を連れて、御幸橋の近くを散歩していた。

「おばあちゃん、電車がきたよ」

市電が停まるのが見えた。

「降りてくる人たち、同じ服着てるね」

「同じ服？」

「うん。土みたいな色で、同じ色の帽子の男の人たち」

「え？　土色？」

指さした電停のところに、本当にぞろぞろと同じ土色の服を来た人達が降りて来る。宇品からの電車だった。他の乗客と一緒に。

「あの人たちは……兵隊さん！」

美都子さんの幼いころの記憶がよみがえる。あれは兵隊さんだわ！

電車の中からぞろぞろと軍服か国民服かわからないが、子供のころひっくるめて「兵隊さん」と呼んだ人たちが降りて来る。

降り立つと隊列を作って、原爆ドームの方向に歩いて行く。手にスコップを持って。

「百花、行きましょう！」

美都子さんはその隊列を避けるように、百花ちゃんの手を引いて御幸橋を急ぎ足で渡り切った。その時、美都子さんより後ろにいた百花ちゃんが叫んだ。

「おばあちゃん、走って！　逃げて！」

美都子さんと百花ちゃんは橋を渡り切った。

「よかった、逃げられた」

「何か追いかけてきてたの？」

「うん。手がいっぱい。おばあちゃんを捕まえようとしてたから」

美都子さんは息を飲んだ。

「さっきの電車の兵隊さんも、同じような人たちだよね」

「……原爆で亡くなった幽霊ってこと?」

「ううん。助けにきた人達。だけどそのあと死んだと思う」

らんらんとした目で百花ちゃんが美都子さんを見た。ぞっとした美都子さんはすぐに、お祓いができる所へ連れて行った。

百花ちゃんには何も憑いていなかったが、美都子さんにはたくさんの地縛霊が憑いていたという。それも長い間。

いつも後ろ髪を引いて、振り向けなかったのはそれだったのかもしれない。

戦前から市電は今の通り、御幸橋から宇品港まで走っていた。

原爆投下の後には軍からの要請で部隊が宇品港から市電に乗ってやってきた。

しかし放射能の影響を知らずに復旧作業をしたため、白血病など後遺症で亡くなった兵隊さんも多かったという。

御幸橋に人が殺到したのは、爆心地から逃げた人が、市電の線路沿いに南の海の方へ向かったからだろう。もしくは市電なら動いているかもしれないと希望を持っていたのかもしれない。お亡くなりになった方々の冥福をお祈りする。

兵隊電車……今はそんな霊現象はないと思うが、ひょっとすると、時折動いているのかもしれない……。

二十一　灰が峰の何度も出会う女
（広島県　呉市　灰が峰）

呉は港があるが、背面は山が多い。

平野は広島市に多く、山地が多いのが特徴だ。その山は緑が多く自然に囲まれている。手のついていない森のような山がたくさんある。

だが、山奥は死体を隠すには格好の場所でもある。

灰が峰は道は舗装はされているが、辺り一帯が木々に覆われる。そして霧がかかることが多い。霧の深い日は山に入るなと言われている。

バイクが趣味の吉野さんは山道を走るのが好きだった。その日の夕暮れにさしかかる時間も走っていた。

もう10年以上前のことだった。

登っていく時に、一人の白いワンピースを着た女性が歩いていた。あまり歩いている人を見かけないので気になったが、素通りした。

途中から霧が濃くなっていった。道の前が良く見えない。頂上の展望台が好きなので、とにかくいつも通りそこを目指した。

山の中腹に来ると、

「白骨化した大人（女性）と子供の遺体を発見しました。この件に関して情報がある方は警察までご連絡下さい」

と不気味な看板があった。素通りできずにその看板を写メしてしまった。

「親子で白骨遺体なんてかわいそうにな。何があったんじゃろ」

その看板の先の方に向かって手を合わせた。

何となく、その後からフルフェイスのヘルメットがきつくなってきた。霧のせいか、体も重い。

頂上にまで行かなくてもいいか、と引き返そうとした。

「キャー！」
女の人の叫び声が聞こえた。吉野さんは怖くなって、山頂の方へ走らせて行った。
人間は背後を怖がる。
下り坂に向かうより上り坂に向かう習性があるのだ。ビルの火災で階下に行かず屋上に逃げようとする人間の心理と同じだ。

頂上には着いたが、一台古い車があるだけで、霧であまり見えない。真下に見える呉の町もよく見えない。

「雲の中に入っちまったな」

どんよりした雲の中にいても仕方がないので、降りることにした。
人影を感じ、周りを見回すと、さっきの白いワンピースの女性が立っていた。明らかに吉野さんに向かって近づいてくる。ちらりと見ただけだが、女性は青白い顔で表情がない。

「！」

急にぞくっと寒気がして、慌ててバイクを走らせた。肩に何か冷たいピタッとしたものが感じられた。

「乗るな！　後ろに乗るな！」

吉野さんは叫びながら、後ろは絶対に振り向かなかった。

やっと山を下り、辺りはもう暗くなっていた。

すると、小学生くらいの男の子と母親のような二人が道の真ん中を歩いていた。暗い道なのでギリギリになってボーっと姿が見え、危うく轢きそうなくらいだった。吉野さんはそれを避けて走らせた。

「今の、人だったよな？」

そこで初めて振り向いた。そこには誰もいなかった。

それ以来、吉野さんはバイクの趣味をやめた。

もしさっきの親子が人間で、轢いてしまったら。悪い人間なら、その山に死体を捨てるだろう。轢いた現場を誰も見ていないなら。

灰が峰では「死体遺棄」の事件が多く、頂上では自殺もあった。そしてそのほとんどが、迷宮入りとなっている。

「神隠し」でなく「人隠し」の山は、日本全国多いと思うが、まだ生きられる人が死ぬということは、魂の恨みも相当強い。

霧の出る日の山の運転は、身のためにも避けたほうが安心だ。そしてそんな日に車道を歩くのも。

二十二　水子のリリー（福山市）

増田美香さんは出来ちゃった婚で20歳で結婚し、21歳で男の子を生んだ。名前は海人。もう2歳になる。

旦那は市場の仕事をしていて、朝が早い。夜は8時には寝る習慣がある。

だが、休みの前の日だけは飲んでくるのか夜遅く帰ってくる。

ここ1年ほどそういう日課が続いていた。子育てで忙しく美香さんも海人君にかかりきりで、旦那がいない方が楽だった。

美香さんに異変が起きたのは、その頃だった。

海人君がアパートの窓から身を乗り出し、落ちかけた。

近所の人が見つけて慌てて駆け付けたからよかった。海人君に聞くと

「弟が呼びにきたんだよ」

「どこから」

「あの雲に乗って迎えにきたんだ。乗らないか？　って」

「……それで窓から出ようとしたの？」

「うん。リリーって名前の弟。また来るって行っちゃった」

「……また来るって、そう言ったの？」

「そう。ママが来たから行っちゃった」


美香さんはその話に少しぞっとした。このくらいの子供は変な事を言うが、霊が見える時期でもあるというから。お腹の中にいたことも、2歳くらいまでは覚えているという。

その次の日、海人君と出かけるため、美香さんはアパートの駐車場に向かおうとしていた。海人君は部屋の前で待たせ、階段に足をかけたときだった。

ドンっと背中を押す感じがあり、下まで落ちてしまった。

「ママー！　ママー！」

階段の上で海人君が叫ぶ。美香さんは動けず救急車で運ばれた。幸運にも右腕を複雑骨折しただけで済んだが、首の骨が折れてもおかしくないような状況だったという。

美香さんは背中を押された感覚が忘れられない。大人でもない、子供のような手だった。でも海人君は玄関の内側にいたから押す訳がないし、ママを押す訳もない。

美香さんの友人に霊感の強い男性A氏がいる。アパートに何か霊でもいないか心配になって美香さんは電話をかけた。するとすぐにやってきた。

「この家に誰かいるね」

A氏は美香さんの家に来たとたん言った。

やっぱり。この界隈でも安い物件だし、何より古いし……美香さんは思いをめぐらせていた。

「引っ越ししたほうがいい?」

A氏は首を振った。

「美香ちゃん、今まで産めなかった子供いる？　海人君産む前に」

「いるわけない！　結婚だって海人を妊娠したからやったくらいなのに」

「だよね。じゃあ、旦那さんにはそういう子供いない？」

「旦那に？」

「多分いると思う。それもごく最近、命を失った子が。彼の子供じゃないかな」

「何で私たちのところにきたの？」

「生まれなかった子は、自分の父親が一緒にいる女性も母親と思うからさ」

「……どうして？」

「自分を知ってほしい、愛してほしいって願うからだよ」

「……そういう子、霊はどうしたらいいの？」

「きちんと供養することだよ。やってないんだと思う。病院行って終わりにしてるんじゃないかな」


美香さんは驚いたが、ひょっとしてと思い、旦那にその話をした。

「あんた、リリーって子供知らない？」

「えっ！」

旦那はまさかの告白を始めた。

ここ1年で旦那に彼女ができていた。そしてその彼女が妊娠してしまった。

だが3か月くらいで事故で流産してしまった。それも原因で別れてしまい、供養など何もしていないという。

浮気がバレるのを恐れて、美香さんには当然ずっと黙っていたのだ。

もちろん美香さんが激怒したのは当然だが、意外にも違う事で怒られたので、旦那は驚いた。

「バカ！　その子のためにちゃんと供養しろよ！」

「わ、わかった。ほんとにすみません」

旦那と美香さん、海人君で水子供養に行った。

それ以来、海人君の事を誘いに来るリリー君は現れなかった。

偶然だろうが、浮気相手の名前は「百合」さんだった。彼女は子供ができたら、璃々矢か凛々子にする予定だと言っていたそうだ。

生まれてこられなかった命も同じ命。きちんと供養していただきたい。女性のお腹にあるだけで、父親の命も受け継いでいるのだから。

今では海人君も14歳になった。増田家は今も仲良く暮らしている。だが旦那さんは、海人君が学校の友達の名前を出すたびに、ドキッとしている。

二十三　処刑の生首マンション（福山市）

福山は工業が盛んで、中心街もよく整備されている。

岡山にほど近いが、ここや尾道などは「備後」と呼ばれ、広島市のある「安芸」地方とはまた様相も違うし、人の雰囲気も違う。方言も違うのだ。不思議と同じ広島なのに対抗心まである。

ただ、江戸時代には広島藩は50万石近い大きな外様藩、福山藩は10万石だが藩主は老中格の出る譜代藩だったことから、歴史的にも別々の考え方を持った地域であるのは確かだ。

一人暮らしを始めた輝美さんは中古の安いマンションを買った。実家は広島市だが、福山の人と結婚するのでその機会に買ったのだ

専業主婦になるのも何なので、すぐ近くの工場で働くことになった。

工場で手を洗っていると、後ろからおばさんが声を掛けてきた。

「あんた、あの××マンション？　家で何か見るでしょ」

「？　ああテレビですか？」

「いや。幽霊」

「え？」

振り返るとニタニタ笑っておばさんが立っている。

「××マンション、住んでるってね」

「はい」

「あそこ昔、何だったかしっとる？」

「いえ、福山は全然知らなくて」

「処刑場じゃ」

輝美さんはぞっとした。

「いつの話ですか？」

「江戸いや、もっと前だな、戦国時代か」

「古戦場の跡ってことですか」

「詳しいことは知らんけど、あそこは出るって噂じゃけ、気いつけて」

「お祓いした方がいいですかね、もう買ってしまったんです」

「安かったじゃろ」

「まあ、相場よりは」

「うちの工場に来てた人もそこのマンションに住んどった」

「どうなりました」

「気がおかしくなって、やめた。海に落ちて死んだらしいけ」

「死んだ……？」

「噂じゃけのう。もう5年くらい前の話じゃ」

「私、住んだばかりで何も感じないですよ」

「そんなら良かった。霊感ある同僚は、あそこの入口で生首何本も見たっていうし、近所じゃ有名じゃ」

「生首？　もう！　怖がらせないで下さいよ！」

「信じるか信じないかは、あんた次第じゃ」

そう言うとおばさんは笑って去って行った。

その日の夜から輝美さんは電気をつけて寝るようにした。

夫がいない平日は薄気味悪くて仕方がない。眠れない時はＰＣでブログを綴っていた。

深夜２時になっても眠れなかった。また窓に向かってＰＣでブログを書いていたときだった。後ろがキッチンになっているダイニングなので、時々冷蔵庫などが音を出す。そのたびに「ラップ音」かと思って慌てる。

その夜も「パシーン」という冷蔵庫の音が響く。

しかし妙に時間が開かずに音がする。いつもなら１時間に一回程度なのに。

水道がぽたぽたと突然流れた。

「後ろに誰かいる……」

人の気配がした。泥棒？　いやそういうんじゃない、もっとじっと見るだけの何か……

でも怖くて振り向けない。

ＰＣからそっと前の窓を見た。こちらが明るいので、鏡のように映っている。
ＰＣの上に輝美さんの顔。
そしてその後ろに無数の顔が映っていた！
武者風、兵隊、髪の長い女……そしてすべて首だけだった。

輝美さんは即そのマンションを売った。安く叩かれてもいいので、すぐ逃げだした。

物件を買う時は、昔を知る人や近所の人の意見を聞いた方がいい。
不動産会社でも、最新の事故物件でないかぎり、そこまで調査できないから。

二十四　人柱物件（広島県）

福山市にある服部大池は「人柱お糸」で有名である。また在原市にも「お国、お兼」の人柱伝説がある。いずれも正保3年頃の話。

この時期までは川が荒れ、池を作る土木作業が多かったのもあるだろうが、天候が荒れやすかった時代だったのかと想像できる。

それにしても、若い女性を人柱にしたのは、何か理由があったのだろうか。神が好む巫女と関連があるのかもしれない。

神と建築は今も繋がっている。家を建てる時や崩す時、必ず神主さんが来て祈祷を行う。地の神様がいると信じる日本人の特徴だろう。

池、溝。城の下に人柱をしたところは多い。今は更地となっているので、わかりにくいが、地名だけ残っている場合がある。土地にまつわる話は物件を探す時に、重要だと私は思う。

「塚」は墓場だったし、「溝」は溝の跡地。「窪」「久保」はくぼ地と一般的に言われる。

今回は場所を明記できない。

これから住む人に悪い影響を与えてはいけないからだ。実際にあった話だけに、言えないことが多くなる。

柏木純子さんが広島県のある街に引っ越した時だった。

ご主人が転勤族で、初めて広島に住んだ。娘の里香ちゃんは小学生。ご主人が忙しくて、ほとんど純子さんと里香ちゃんとの二人で過ごしていた。

その家はハイツのような造りで、一階と二階があった。隣接してお隣の家もあった。壁一枚で隣の家というのに違和感があったが、会社の社宅なので仕方なく住んだ。家自体は新築、見た目は綺麗だった。

部屋に入るなり、里香ちゃんはぎょっとした。

あちこちに人が立っているからだ。もちろん幽霊。里香ちゃんは霊が見える。

入ってきた自分たちをじろりと彼らは見た。

「ママ、ここってたくさん人が住んだの？」

「新築のはずよ」

最初純子さんは里香ちゃんに霊感があることを知らなかった。

引っ越し荷物がまだあるので、車でレストランへ出かけた。この日も夫はおらず、純子さんと里香ちゃんだけだった。


「3名様ですか？」

「いえ、2人ですけど」

「えっ？　ああそうですか」

受付のウェイトレスが、ちょっと変な顔をしたが、通してくれた。

何だか変な気分で純子さんは食事をした。

家に戻ると、隣に住んでいる人が外に立っていた。

「こんにちは、今日から入った柏木です。よろしくお願いします」

「あれ？　今お出かけだったんですか？」

「はい、隣町で色々買ったり、ごはん食べたりしてました」

「そうなの……いや、さっきから音がひどかったもんだからね、注意させてもらおうかと思ってたのよ。壁一枚でお隣だとこうなるからねえ。嫌よね」

「あの、うちは朝から出ていたんで、うちじゃないところじゃありませんか？」

「いやあ、ここ以外はどの家も離れているし、あれ、何の音だったのかしら」

「どんな音でした？」

「バシーン、バシーンって床叩くような……それに子供が走り回るようなバタバタした音。運動会でもやってんのかと思ったわ」

そのハイツは一軒家の真ん中を半分に割ったような造りで、周りとは隣接していなかった。向かいは公園だし、道を挟んで古い民家があるが、人が住んでいる気配のない場所。近くにお寺があった。だがひっそりとして、人が行き交う雰囲気でもない。

「この家、よく見たら周りから孤立した造りじゃないですか？」

「土地が余ってますって感じよね。東京から越してきたから、この広々した感じ好きなんだけど、壁一枚でお隣じゃあね」

里香ちゃんに異変が起きた。急に気分が悪くなってその場で吐いてしまった。慌てて純子さんが家に連れて行く。

「変な食べ物に当たったんじゃないよね」

「ママ、本当の事言うと、この家、人がいっぱいいるの」

「え？　どういうこと？」

「さっきから、ここにいる人たちが『来るな』って言ってる」

その時、二階でガタンガタンと物音がした。誰かいる。それははっきりわかった。夫に連絡するが連絡がつかない。

「もしかして、幽霊見えるの？　里香ちゃん」

「うん。そうみたい」

純子さんは娘を信用することにした。

「どんな人がいるのか、描いてくれない？」

里香ちゃんが描いた絵は、顔が半分、首がない、それぞれの体の色が違うという不気味な絵だった。それも20人はいるという。

「今、二階にいるのも、そこにみんなが集まって相談してるから」
「な、何の相談？」
「どうやって追い出してやろうかっていうね」

里香ちゃんの顔が狐のような吊り上がった目に変わり、しわがれたような声に変わった。明らかにいつもの里香ちゃんじゃない。

二階での足音が早くなり、数人いる雰囲気がした。純子さんは寒気が止まらず、警察を呼び、待つことにした。

「ママに乗っかろうとしてる！」
「ええ！　どこ？」

里香ちゃんの叫ぶ声と、指さす方向に、純子さんはたまらず神社で買っていたお正月の「破魔矢」を取り出した。

霊がいると思う方向に、その破魔矢を振り回した。

「霊が半分になった！　消えた！」

「本当に？　これで退治してやる！」

しかしだんだんと里香ちゃんの表情が険しくなった。

「また霊が戻ってきた。増えてる気がする」

その時呼び鈴がなった。

警察官と隣の奥さんだった。

「奥さん、家にだれかいるんですって？」

「そうなんです。二階に足音が、しかも何人もいるみたいなんです！」

「私もさすがにうるさいなと思って、また注意しにきたんですよ」

年老いた警察官が話をじっと聞いて、静かに話した。

「私が子供の頃は、この辺りは処理場って言われてたんですよ」

「何の処理場なんですか」

「昔だからね、土葬ってわかりますか」

「骨にせずに埋めるってことですか？」

「そうです」

「じゃ、お墓だったってこと？　信じられない！　聞いてない！」

「いや、お墓ってほどいいもんじゃないです。処刑された人だかそういったお墓に入れられない人や、縁が切れた人、そういう人を重ねて捨てたと言われてるんです」

「どういうことですか」

「そこにお寺ありますよね。あそこは無縁の死体なんかを弔っていたんですが、どこかに埋めなきゃいけませんよね。それがここの場所だったんです」

「ええ！」

「江戸時代なんかは、処刑されたら死体はひっくるめて土に埋めてましたから」

「じゃあその霊が歩き回ってると……」

「最近、お寺の住職が入院していてね。息子さんも跡を継がないっていうし、弔う人がいないから出てきたのかもなあ」

純子さんと隣の奥さんはすぐに次の日に引っ越しを決めた。

里香さんは場所を変えたら、元気になった。やはり呪われた土地だったようだ。

後で建設会社に聞くと、確かに建てる時に掘り返した時、たくさんの人骨や髪の毛、服みたいなものが見つかったという。

それは、折り重なるようにあったという。死体が重ねて捨てられたのはあながち嘘ではなさそうだ。

だが今もその建物はあり、住んでいる人もいる。

建築関係の従弟に聞いてみた。

遺跡などが見つかると工事は中断となってしまうため、なるべくそういった掘り起こしの時は、何も出ないことを願っているが……言わずにおく業者もあるかもしれんね、と言葉を濁した。

二十五　夫の愛人の生き霊（広島市）

純子さんと里香ちゃんはそのハイツを出て、広島市にある別のマンションに移った。夫は相変わらず多忙で、また二人だけの生活が続いていた。

広島の繁華街では夫が飲み歩く姿をよく見かけると、会社の奥さん方からも耳にしていた。営業だから仕方ないとはいえ、あまりに家に帰ってこない。

「ママ、また霊が見え始めた」

「えっ？　今度はどんな霊？」

霊感のある里香ちゃんは、霊を絵に描いてみせる。

前の話でも里香ちゃんのおかげで、危険物件を察知することができたので、信用していた。

「今度はこんな顔。若い女の人みたい。いつも寝る時にパパの上に立ってるの」

「今度はパパ？」

聞くと、寝ている夫の上に立ったり、純子さんと里香ちゃんだけの時も、窓からじっと中を覗いているのだそうだ。

絵を見ると、前髪があって、髪がウェーブしている。どの時代の霊かと思ったら、最近の若い子みたいな雰囲気の絵だった。

以前も使った、悪霊退散の破魔矢で、出るという場所に置いたが効果がないようだ。

次の日の夜。珍しく夫が早く帰り、お風呂に入っている時だった。不用心にもスマホが置いてあった。見る気はなかったが、ＬＩＮＥの着信音が鳴り、画面に女性の横顔と「今夜は会えないの寂しい」と表示された。

「何、この浮気全開のメール！」

純子さんは怒り、お風呂から出てきた夫を問い詰めた。飲み屋の女だと言い張る。二度と会わないと誓わせて、その場は終わった。

でも純子さんはその女の名前が「ミナ」という表示だったのを覚えておいた。

しばらくして、友人と買い物に行くことがあった。そのお店は偶然にも夫の会社の近くだった。

夫が女性と食事をしているのを見てしまった。テーブルでこっそり手を繋いでいる雰囲気、これはあの浮気相手に違いない。しかも女性は制服を着ていた。夫の会社の制服だ。

飲み屋じゃなくて、社内で不倫してたってこと？　純子さんはクラクラしてきた。

気が強い純子さんは思い立って、友人にガラス越しの店の外で待ってもらい、その女の前に立った。

当然ぎょっとした夫。女はおどおどしている。

だが一番驚いたのは純子さん。その女の顔は……。

里香ちゃんが書く「うちに出る女の霊」と同じ顔だった。

どうやら愛情が進んでか、浮気相手が生霊になって家にいたようだ。もちろん別れさせ、里香ちゃんもその日から霊を見なくなった。夫はそれ以降、全く純子さんに頭が上がらない。夫にとって最も恐ろしい話になった。

ある意味、霊を遠ざける破魔矢は、純子さん自身かもしれない。

一言言っておく。

生霊も死霊も、心に隙ができた時に憑りつく。肝に銘じて健全な人生を歩こう。

しかし、生霊とは不思議な存在だ。

心に思う人の所に行けるなら、私もそうしたい。もしかしたら、寝ている間にその人の枕元に立っているのかもしれない。

二十六　日本のピラミッドの未確認物体（庄原市）

もう30年以上前のことになるが……庄原市に住むSさんは話す。

小学校2年くらいかな、友人のK君という子がいた。

体が小さいし運動もできないし、変わった事を言ってしまうからいじめられやすかった。だけど頭はものすごく良かったと思う。ただ嘘つきだった。「嘘つきK」としてクラスでも浮いた存在だった。

「Kと言うと口がKになる」

嫌な言い方だった。

K君は近所の葦嶽山が好きだった。ここは日本のピラミッドとして戦前の研究家が発表し、今もミステリースポットとして有名だ。

2万5000年前の遺跡で、きれいな三角形の山。普通山といえば、木や土で形成されるのがほとんど。この山は岩が多く、それも人工的に石を切って作ったように見受けられる。古代人がエジプトから流れ、文明を作り、この日本の広島で造ったと言ってもおかしくはない。

神武天皇陵とも伝えられた経緯があるため、戦前の「ピラミッド説」と様々な文化遺跡が、当時の国家権力に潰されたとも言われる。

K君に言わせると、そこは宇宙人がそこをキー局として利用するため、こんな造りにしてあるのだと言っていた。

しかもK君は宇宙人にさらわれ、この山の「鷹石」の上に降ろされたと言うのだ。当時UFOはテレビでも話題で、誰もがその話をワクワクして聞いた。

しかしK君を連れて頂上まで登っても、UFOは現れなかった。

「また嘘つきやがった！　こいつ！　大体あんな山、神でも宇宙人でも何でもねえ。石に蹴りいれといたわ」

特に代表格のガキ大将のLが執拗にからかい、いじめていた。Lは小さいころから暴力的な子だったので、山もバカにしていた。

それが半年ほど続いた頃だったろうか。僕だけはK君のUFO話を信じていた。

ある夜、雨の中K君が家にやってきた。傘をさしていないので見ると、傘が折れてぼろぼろだった。また陰湿ないじめで傘を折られたりしたのだろう。

濡れたK君を中に入れると、テレビのリモコンのような物を見せてくれた。

「何じゃ、これ」

「悪い奴らを制裁する機械じゃ」

K君は泣きもせず、いじめも受け流していたから、僕はその言葉に驚いた。

「僕は人間の形をしたレーダーで、この世に要らないものを消す役割として、宇宙から派遣された。この星を美しい星のままでいさせるために、あのピラミッドがあるんだ。今夜はついに生贄を××様にお渡しする」

「そ、それはどういう意味じゃ？　もうやめたほうがええ。そんなこと言ってるからいつまでもいじめられんじゃ。そんなんじゃまともに生きていけんって」

K君はじろりと僕を見た。

「お前は見て見ぬふりのB級人間」

と言われたかと思うと、K君に何かを当てられ、全身がしびれて倒れた。そこからの記憶はなく、気が付いたら朝、ベッドで起きた。

僕はどこで何をやったか覚えていない。

翌日学校に行くと、クラスですすりなく声が聞こえた。教室の中でみんなが泣いている。Lが昨夜、自宅が火事になり亡くなったというのだ。僕ははっとしてK君を探した。K君は学校に来ていなかった。

放課後どうしても気になり、K君の家に行った。小さいころから一緒に遊んでいたから道も覚えていたが、なぜかたどりつけない。母親に連絡してみた。

「K君の家、どこだったっけ?」

するとと母親が驚くことを言った。

「K君? あの子は半年前に引っ越したでしょ? どこ行ったか私も知らんわ」

「ええ? 昨日うちに来とったんに、見とらんかった?」

「そんなん見とらんよ。お母さん昨日は家にずっとおったやろ。誰も来んかった」

煙に巻かれるとはこういうことだ。

学校で聞いても、K君はLやみんなにいじめられてすぐ引っ越したという。もちろん先生にも聞いたが、同じ答えだった。

僕が見続けた半年間のK君はなんだったんだろう。本当に宇宙人だったのかもしれない。だけどそんな事言ったら、またK君みたいにバカにされる。ずっと心にしまっていた。

大人になり上京してから、たまに実家の近くの葦嶽山に登ることがあった。働いていた大手証券会社の上司が厳しく、うつになりかけていた時だった。K君が降りたという鷹岩を触りたくなって上がったのだ。

「あんな会社潰れたらいいのに」

心が病んでいた僕は、上司の名前と会社名を言い、ぶつぶつと念を送った。

「B級人間」

K君の声が響いた気がした。

その後、偶然にもその証券会社が突然倒産した。社員にも何も話がなく、突然の大型倒産で当時は大変だった。そしてその上司も買ったばかりの家のローンが払えず家族で失踪してしまったという。自分の念が通じてしまった。

それ以降恐ろしくなって、僕は葦嶽山では何も考えず心を無にしているんだと言うSさん。

K君の足取りはわからないが、きっと宇宙の研究をしているんだと思うとSさんは言った。

大宇宙の事はわからないが、小学校2年生くらいの頃、突然引っ越したり転校していった不思議な子っているものだ。

あれは夢だったのかと思うくらい、人生で二度と会うことがない。

もしかしたら何か影響を与えるためにやってきた、宇宙人の化身か、神を祀る山で冒流した人間への怒りの力かもしれない。心霊はその手先かもしれない。

葦嶽山だけは何万年も変わらず、地上を見つめている。

葦嶽山

鷹岩

方位岩

おわりに

大学4回生の時、京都に3カ月だけ下宿したことがあります。事故物件でした。

3回生の時に同志社大学から早稲田大学に国内留学をした私は4回生になったあとも千葉に住んだまま、京都の大学に毎週末、夜行バスで通学する生活を送っていました。

ところが卒業単位がギリギリ足りないことを知った私は同志社大学（今出川）の近くで物件を探すことにしました。

卒業を目前にした大学4回生の最後の3カ月だけですので、寝泊まりできればどこでも良いと考え、家賃1万円台の安いところを探していましたが、そう甘くはありません。隙間風が吹きすさぶベニヤ板の古びた建物だったり、配管が古くてトイレが使用できないちょっとした倉庫だったり……。

諦めかけた時に不動産屋さんから紹介されたのが、近隣の女子大生が最近亡くなったという事故物件でした。聞けば、首を吊って亡くなったというのです。殺人だったら恐ろしいですが、自殺だったらまだまし。事故物件でなければ家賃7万円ぐらいするそうです。事故物件はそのあと誰かが住んだら事故物件として報告しなくて済むそうでお互いにウィンウィンだと割り切って考えていたのです。いずれみんな死ぬんだし、と軽く考えて即決しました。

　ところが住み始めてみると、霊感などまったくなかった私の身に、寝る時に金縛りにあったり、風呂でシャワーをしているとなぜか長髪の髪の毛が排水溝の蓋にあったり（当時から私は坊主でしたので長い髪の毛が落ちているのは不自然です）、近くのお寺の鐘の音が真夜中に聞こえてきたり、薄気味わるい出来事が次々と起こりました。家に遊びに来た霊感の強い知人が、この部屋はヤバい！　と言って帰ってしまうこともあったほどです。

　気になって管理人さんに前に住んでいた女性について訊ねると、「とてもいい子やったよ。成仏できていないのかもしれない。かわいそうに。親よりも先に死ぬなんて……」と言って涙を浮かべていました。そして、私の家に色鮮やかな花を飾りに来られました。それからは、不思議と霊が出てきても不気味に感じるよりも、霊が何を語りたがってるのだろうと耳を傾けるようになり、こういった不思議な現象を人に話すことによって亡くなった人の供養にもなるのではと次第に考えるようになったのです。

　広島県は、「泣ける！　広島県」をスローガンにしていた時に広島県観光課の方からお声掛けいただいて涙活（涙を流してストレスを発散する活動）でコラボイベントをご一緒させていただいたり、また鞆の津ミュージアムから御依頼をいただいて「試し書き」コレクション（文房具コーナーに置かれているペンの書き心地を試す紙）の展示会を開催したり、何かと縁があり、大好きな街です。

今回の怪談を書くに当たっては、実際に広島県に行ってタクシーの運転手の方などから情報を蒐集しまとめあげました。地元の方々にこの場をお借りしてお礼申し上げます。ありがとうございました。私が語ることで亡くなられた死者達の供養になったら幸いです。

寺井広樹

広島の怖い話

2016年7月25日　第1刷発行

著　者　寺井広樹・村神徳子

発行者　深澤晴彦

発行所　TOブックス
〒150-0045 東京都渋谷区神泉町18-8
松濤ハイツ2F
電話 03-6452-5678(編集)　0120-933-772(営業フリーダイヤル)
FAX 03-6452-5680
ホームページ http://www.tobooks.jp
メール info@tobooks.jp
印刷・製本　中央精版印刷株式会社

ISBN978-4-86472-508-8　　Printed in Japan